老嬢物語

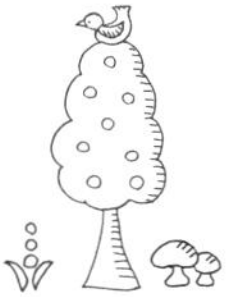

高楼方子

「ああ！　わたし達、不仕合わせな年寄りの婆さんは、無邪気な
赤ん坊にさへ好かれる齢がもう過ぎ去った。小さな子供たちを
可愛がらうと思っても、怖がらせてしまふばかりだ！」

——ボオドレール〈パリの憂鬱《ゆううつ》「老婆の絶望」〉より

ちょっと待った、おばあさん、
それは早合点《はやがてん》というものです！

もくじ

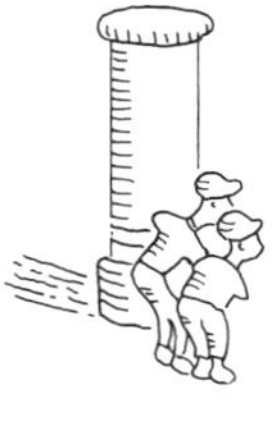

III どんな老嬢 そんな老嬢

ブックデザイン…タカハシデザイン室

イラストレーション…高楼方子

I

あんな街や
こんな街で

魔女発見記

十五歳の春のこと。

日曜の午後の小田急線は適度に混んでいて、吊革《つりかわ》まで辿《たど》りつかなかった私は、揺れに合わせて両足を踏ん張りながら、近くの人たちの足元に何となく目を向けていた。すると緑色の長めのスカートと、その下から突きでた二本の棒きれのような真っすぐの茶色の脚が見えた。足には爪先の四角い大きな茶色の靴。しかも左右の靴は平行に揃えられたまま、揺れをものともせずに直立しているのだった。

なんだか人間ばなれしている……と感じつつ目を上にあげていくと、腰のあたりにあるのは腕にさげた古びた籐籠《とうかご》。さらにそっと視線を上にずらすと、コケのような色のだぶだぶのブラウス……そしてもう少し上へ……と同時にギョッとした。何とそこにあったのは、恐ろしい形相《ぎょうそう》のおばあさんの顔だったのだ。皺《しわ》の多い色黒の顔には、上に向かって高く伸びる曲がった怪しい鼻と不機嫌《ふきげん》そうなへの字口。そして鋭い大きな目が光っていた。むろん、髪はくしゃくしゃだ。

ドキドキしたけれど失礼はいけない。見かけが怖いだけのおばあさんじゃないか。私は心を宥《なだ》めてあらぬ方を向いた。でもやっぱり気になる。だってその風貌《ふうぼう》は、魔女という言葉を思い出させずにはいなかったから。私は怪しまれないように用心深く観察することにした。籐籠の中身にもおおいに興味がある。何か妙な物が入っていたら、その時こそは魔女だと断定してもいいのではないか。私はおばあさんにもうちょっとからだを寄せると、揺れに合わせて首を伸ばし、籠《かご》の中を覗《のぞ》こう覗こうと努めた。するとついに見えた！　何が入っていたか。あれにはほんとに虚《きょ》を衝《つ》かれた。しなびたようなキュウリがただ一本、籠の底に、へにょっと寝かせてあったのだ。

（ひやあっ！　せんせえ～どうしましょう！　魔女をみつけちゃいました！　電車の中に何食わぬ顔で紛れこんでいたんです！　キュウリを隠しもってまし

た！）

　私は声には出さず叫びつづけた。

　咄嗟《とっさ》に「せんせえ〜」と呼ばわったのには、わけがある。中学一年の時、半年間だけ教わった非常勤の英語の先生とすっかり仲良しになっていた私は、心ときめくことに出くわすたびに、先生に手紙を書いて報告するのが習いになっていたのだ。

　息も荒く脱兎《だっと》のごとく家に帰りつくなり、色鉛筆をつかみ、今見た魔女の姿を克明《こくめい》に描いて解説付きで投函した。

　それに対する先生の長い長いお返事が、今も手元にある。（先生に無断で一部を書き写しますね！）

〈――私もね、四、五年前、私の魔女に遇《あ》ったんです。何だか空まで不穏な灰色に沈み、黴臭《かびくさ》い生暖かい風が吹いていた日、田園都市線の緑ヶ丘駅から学校への道を急ぎ足に歩いていた私の行手《ゆくて》に俄《にわ》かに一人の背高ノッポの西洋婆さんみたいな女の人が現れたのです。あなたと同じように私、びっくりしてまじまじと見ちゃいました。真似《まね》してその人の絵を描いてみますね！〉そして色鉛筆による見事な絵が挿入され、次のような描写へと続いていく。〈眉《まゆ》と眼とが迫って眼のまわりにくまができ、鼻はつんと冷たく外界のすべてのものに挑《いど》むごとく、頬骨は高く、薄い唇は世の中に背を向けて驕慢《きょうまん》な程にキッと結び、なんぴとをも寄せつけまいと固く引き締まり、突き出た顎《あご》は異国的なappearance《アピアランス（顔つき）》を呈《てい》するのに重要な役割をもち――〉〈私はすれ違いざまに振り返り、十数歩進んでまた振り返ってみました。そしたら！　消えてるんです！　ほんとのことです。消えてるとしかいいようがないんです――〉〈おかしい……その時、私の鼻の奥にすれ違った時の臭いが再びよみがえりました。そうだッ！　魔女だッ！　薬草の臭いだッ！　月のない夜半《よなか》に摘《つ》む魔女の薬草を煮るときの臭いだッ！――〉

Ａ４の紙七枚に小さな字でびっしり綴《つづ》られたそのお手紙は、これまでに頂いた膨大《ぼうだい》な数の書簡の中でもとりわけリキの入った一通だったと思う。

十五歳といえば、もう子どもとはいえないし、先生の方は四十歳を超えてらしたことを思うと、このやりとりは、いささか少女趣味ではなかろうか……て気がしないでもない。でも二人とも驚きを報告するのが嬉しく、それを読んで興奮したのも確かだった。そして今、そのことを誰かに話したくて、うきうきとこれを書いている。それを考えると、「稚気《ちき》を捨てろ」と眉間《みけん》に皺寄せる深刻じいさんなんかより、〈幸福度〉はずっと高いはず。

先生は今、面白い物に溢《あふ》れた古びた一軒家に独りで住まわれ、草木を育て庭に来るネコや小鳥に餌《えさ》をあげ、本を読み、音楽を聴き、そして絵を描きながら（小品を千三百枚達成されたそうだ！）飄々《ひょうひょう》と楽しそうに暮らしていらっしゃる。でも今私が十五歳で、先生を街で見かけたならば、「魔女をみつけちゃいました！」と大好きな人に手紙を書きかねない、みごとな風貌《ふうぼう》のおばあさんなのだ。

聖母と美神、ポッポー

一九八六年の一月。

友人と私は、水色の空が輝くギリシャの片田舎、ペロポネソス半島の港町パトラスのはずれに建つ家の客人として二週間余りを過ごした。その半年前に知り合ったエレーニという画学生が、実家に招いてくれたのだ。——と、こうさらりと書きはしたものの、〈ギリシャ〉や〈ペロポネソス半島〉などという遠い遠い、しかも（今だってよく話題にのぼるものの、どうしても）古代の風を感じずにいられない地名の内部に、すっぽり入りこんでいたなんて、今では夢のようだ。

エレーニの家はできたてで——広大な敷地をほしいままに古家も解体せず、父親や男兄弟たちが手《て》ずから石を積みあげ漆喰《しっくい》を塗るなどしてようやく完成させた家に移り住んでまもなくというところだった——外も内も歴史の重みを感じさせるどころではなく、まだがらんとして殺風景《さっぷうけい》だった。

けれど、どこまでも続いているような庭には、果実のなるさまざまの樹木があちこちに立ち、孔雀《くじゃく》が数羽、ふうわりと古家の屋根まで舞い上がってとまったり、光沢《こうたく》のある長い尾を地面にひきずって歩いていたりして、まるでビネッテ・シュレーダー*の絵本の一場面を見ているような気になるのだった。

時には、ギリシャ彫刻そのもののようなエレーニの兄が、気味悪いほど引き締まった毛のない大型の猟犬を何頭も引き連れてその庭を抜け、狩猟に出かけていく。それは小説や映画で繰り返し出会っていながら、実際に目にすることのけっしてなかった、ヨーロッパの田園の光景そのものだった。

そんなカフカ邸を（あのカフカ以外にカフカがいるなんて思ってもみなかったけれど、ギリシャ人のエレーニの姓もカフカなのだった）いろんな人が訪れたが、みな表向きの理由のほかに、生きて動いている日本人というものを一目見ようというたくらみも持っていたのだと思う。

＊一九三九年生まれのドイツの絵本作家。作品に『お友だちのほしかったルピナスさん』『わにくん』などがある。

最も足しげく現れたのは黒頭巾《くろずきん》をかぶった全身黒づくめの小さなおばあさんで（未亡人の典型的な服装なのだ）エレーニの母親と話しこみながら、ちろちろっとこちらを窺《うかが》う。むろんこちらだって観察される一方ではないから、おばあさんが帰ったあとはその真似をして、「ポッポー」と言いあって友人と笑った。「ポッポー」というのは相槌《あいづち》で、たぶん「あんれまあ！」「おっとぉ…」「ひゃあ」といった意味だ。若い人はあまり言わないようだったから、おばあさん用語なのかもしれない。〈ポッポーばあさん〉は、話の合間に「ポッポー」「ポッポー」と口をつきだしては、目をパチクリさせたり眉《まゆ》をひそめたり、のけぞったりしながら、隙《すき》を見てちろっとこちらを窺うのだった。

でも思い出すたびに、心地よい微風《びふう》を感じるのは、〈ポッポーばあさん〉とはまた別のおばあさんたちのいる、昼下がりの光景なのだ。

その日エレーニは、ぜひとも裏の家を訪問してあげてほしいといい、我々を連れ庭の木立をしばらく進み、垣根《かきね》を通りぬけ、白い小さな家の戸をくぐった。

入ってすぐの白壁の小部屋に、またしても黒頭巾をすっぽりかぶった黒づくめのおばあさん姉妹が二人、歩くのが大儀《たいぎ》そうに、テーブルの前にじっとすわっていた。生まれて一度も日本人を見たことのなかったおばあさんたちは、深い皺《しわ》に埋もれた大きな目を光らせながら私たちをじいっと見つめて、にっこりした。エレーニがお茶を淹《い》れてくれたあと、ちょっと用があるからここで待っていて、と言いおいて出ていってしまうと、もう通じる言葉はなかった。

四人はテーブルを囲んだまま、時たま目を合わせてはおたがいににっこりし、お茶をすすり、あとはただ黙って、高いところについた小ぶりの窓から、そろって外を見つめてだけいた。開け放した窓からは、明るく澄んだ溌剌《はつらつ》とした水色の空と、空を背景にした、レモンの木の梢《こずえ》が見えていた。まるで生きた額絵のようだった。あのたわわになった大きなレモンの黄と、かすかにそよぐ生い繁った葉の緑を、今もくっきりと思い描くことができる。

老いた姉妹は、お姉さんがマリア、妹はアフロディテというのだった。この小さな家にひっそりと、聖母マリアと美の女神アフロディテが同居していたなんて、「ポッポー！」と言わずにいらりょうか。（愛と美を司《つかさど》るこのギリシャ神話の女神は、ローマ神話のウェヌス、いわゆるヴィーナスにあたるのですね）

白い部屋、黒い服、水色の空、黄色の果実、緑の葉……。そよ風と沈黙。

ギリシャの片隅でやり過ごした、くっきりとした色彩の昼下がりのひとときが、今なお優しく美しく蘇《よみがえ》るのは、そのたびに、マリアとアフロディテという祝福された古代の名前が、鈴の音のように記憶の中で鳴り響くからなのだ。

ソラマメばあさん

二十五歳の一月。

その頃の私の社会的な立場は、〈お話を書きたいとひそかに思っているものの面倒がってちっとも書かず、何となく会社に通っている適当な〉〈ＯＬ〉というものだった。そんな私が、ひょんないきさつから、作家や文学者が集《つど》う新年パーティーに出席することになった。

場違いなところにいる肩身の狭さを感じながらも、「あらまあ井上靖《いのうえやすし》だわ。おや、あの人は紀伊國屋《きのくにや》の田辺茂一《たなべもいち》では？」などときょろついていると、お料理ののった小皿を手にした小さなおばあさんがひょこひょこっと近寄っていらした。きれいな声で感じよくにこにこ話しかけてくださったので、とても嬉しかったのだが、いったい何を話されたのか、一つも覚えていない。そもそものときだって、半分は上の空だったのだ。私ときたら、ただ一心に、「まあ何てソラマメみたいなおばあさんだろう」と思っていたのだ。そして、場違いなところにいる人という点では、このおばあさんも同類に見えたものだから、シンパシーを覚えて隣に並び、おばあさんになりすましたソラマメがパーティーに出席するといった、ヤクタイもない想像をめぐらせながら暫《しば》しの時間を過ごしたのだった。

＊　＊

折しもその年、ある婦人雑誌が、鳴り物入りで童話大賞を設けて耳目《じもく》を集めた。正賞はさておき、副賞がクラクラするほどきらびやかだった。二十枚童話を書くだけで、うまくすれば、大金を頂戴《ちょうだい》できるばかりか海外取材にまで行かせてもらえ、しかも作品は本になるというのだから、思わず色めきたった人々が全国にゴマンといたとしても無理はなかった。私もまたクラクラ眩《くら》んだ目の中で、ラインラ川をくだる取材中の自分の姿など思い描き、ここはがんばりどころと怠《なま》け心《ごころ》に鞭《むち》打《う》った。しかし深くからだに染《し》みついた怠《なま》け癖《ぐせ》は手強《てごわ》く、ペンを持ったのは締切前夜。〈当日消印有効〉を頼りに、徹夜明け、へろへろしながら投函したのだ。

さて会社へ出ると、上司がおかっぱ髪をはらい、眼鏡の奥の目をいたずらっぽく光らせて小声で言った。

「出した？　あたしも出したよ！」

仕事の地位をすでにしっかり固めているバリバリのキャリアウーマンもまた、一攫千金《いっかくせんきん》を夢見て、滑り込みで投函していたのだ。

「あたしのはね〈ラクダの涙〉って題。あんたのは？」

「……ソラマメばあさんを追いかけろ……」

「えっ、ソラマメばあさん？　ふうむ……。だけどひょっとすると、案外それ、行くかもしれないなあ」

「そう思います？」

「うん。ラクダも悪くないと思うんだけど、ソラマメの方が先まで行くんじゃないか？」

上司と私は馬券でも買ったようなノリで、はしゃぎながら発表を待った。するとどうだ。二人は強運にも勝ち進み、しかも上司の予言どおり、「ソラマメ」は「ラクダ」を抜いた。が、そのあたりで力尽き、私は賞金や海外取材の代わりに、お化粧品（の小さなサンプル）を頂戴して、お祭り騒ぎは閉幕となった。

さて、容赦《ようしゃ》なく歳月は流れ、二十五歳の適当だったOLが、四十代半ばの（適当さがいくらか減《げん》じたと思いたい）童話作家として、B社の若い女性とおしゃべりしている時のことだった。B社は、今はもうない件の童話賞を主催していた出版社である。話はそこに及んだ。

「選考に当たった社の者が言うに、最初の年の応募作に、選には漏れたけど、妙にインパクトのある変わったのがあったそうです」

「へえ、どんなお話だったんでしょうね」

「何やらソラマメが逃げだすとかいう……」

心臓が、ドッキーンバクバクバクッと高鳴り、ごくんっと唾《つば》を飲みこんだのはいうまでもない。むろん私は、じっと口を噤《つぐ》んで素知らぬ風を装《よそお》えるタチではなかった。

「じ、じつは、そ、それは……」

かくして、あれよあれよと話は進み、二十年前に生まれたきり、水底に沈殿していた〈ソラマメばあさんを追いかけろ〉は、ザッパ～ン！　と息を吹き返し、体積を増やした姿でB社から出版されたのだった。（とはいえ復活後の寿命は長くはなく、今は古本屋さんと図書館でしか出会えない本なのだけれど）

閑話休題《かんわきゅうだい》。あの日パーティー会場にいらしたおばあさんの正体とは、いったい何であったのか。後で知って驚いた。マメとは無縁の、偉い偉い英文学者でいらしたのだった。しかも私の大好きな作家がご専門だそう……。

つまり私は、貴重なお話を独占的に伺《うかが》える得難《えがた》い機会を目の前にしながら、頭の中をソラマメなんかでいっぱいにしちゃったことで、偶然がくれた贈り物のようなひとときを、みすみす無駄にしたのだった。ああ、いかにも小人！

ナザレの〈つる〉

十年ほど前に訪れたポルトガルの港町、ナザレのおばあさんたちは、奇妙奇天《きみょうきて》烈《れつ》な服装をしていた。〈外国の昔話に出てくるおばあさん〉といったとき、誰もがきっと思い浮かべるであろう、ふわっとした長いスカート。その丈《たけ》を思い切り半分にすれば、だいたいナザレのおばあさんになると思う。頭にはスカーフ、肩にはショール、そして女の子みたいな膝上《ひざうえ》までのスカートだ。

〈未亡人〉の場合はそれが全部黒で、夫のいる人は頭の先から足の先まで色とりどりになる。しかもこちらはスカートを七枚重ねてはいた上にエプロンをしめているのだそうで、なるほど、ただでさえ丸々している腰回りが異常に膨《ふく》らんでいる。

観光客が集まる海岸沿いの通りには、そんな伝統衣装のおばあさんたちがあっちにもこっちにもいた。商いをしている人のほか、ただただその辺にいるという人も少なくない。二、三人が固まって立ち話をしていたと思うと散らばり、散らばったと思うと今度はそっちで固まり、一人トコトコ小路に入っていったと思うとまたじきに海岸通りに現れるという調子。私の方は、さあぶらぶらするぞとばかりに遠路はるばる出かけて行ってるのだから、ぶらぶらしていて当然なのだけれど、おばあさんたちもまた、それが目的でもあるかのように負けず劣らずぶらぶらしているのだった。窓辺にじいっと座って道行く人を眺めているタイプのおばあさんとは大違い、ナザレのおばあさんたちは、狭い範囲ながら活発に移動するのだ。

中の一人はとくにちゃきちゃきしていた。眼鏡をかけた珍しく痩《や》せっぽちの背の高いそのおばあさんは、広い歩幅であちこちずんずんぶらついていたのだが、海岸通りの石塀《いしべい》にもたれかかった……と思いきや、背中でピョイと飛びあがり、塀の上にすわって足をぶらぶらさせ、きょろきょろっと辺《あた》りを見やった。〈どこかにひまな友達いないかなあ〉って感じで……。その姿は〈おばあさん〉でも〈おばさん〉でもなく、お転婆《てんば》な〈女の子〉というしかなかった。

要はスカートの丈、それだけなのだ、と言えるのかもしれない。活発な動作を可能にしたのも、見る人に〈女の子〉と錯覚させたのも。

――けれど、あの人たちを思うとき、それだけではない別の印象が、どうしてもまとわりついてくる。それは、自分を貫く基準軸が十歳くらいに設定されていて、どんなに時が流れようとちっとも影響を受けず、何の不都合もないまま誕生日を迎えつづけたのじゃないかしら、何十回も……。という（ひょっとすると相当失礼かもしれない）印象なのだ。

小さい時からあの辺りをさんざん走り回って毎日毎日遊んでいるうちに、いつのまにか今になった、というはずは、まさかないのだけれど――だって結婚しているのだから家の切り盛りもしたろうし、子どもを育てもしただろう――でも、子ども時代にできあがった軸に、ひまになった今、またふたたび自分を委《ゆだ》ねたのではないかしら？　なぜなら、それが一番自分らしい自分だから。日がな一日、友達と連れだって浜辺を歩いたり、ピョンと塀に飛びのって、誰かをみつけて思いきり手を振ったり……。

＊　＊

高野文子《たかのふみこ》さんの短編漫画集『絶対安全剃刀《ぜったいあんぜんかみそり》』の中に「田辺のつる」という作品がある。〈つる〉は大きなリボンを頭につけた四歳くらいの〈女の子〉で、食べ物をこぼしたり、家族の部屋に勝手にはいりこんで物をいじって叱られたりしながら日々暮らしている。〈つる〉はふと、大人の口調になることもあるけれど、終始一貫、四歳児であることに変わりはない。でも家族の目に〈つる〉は〈おばあさん〉に映っているはずなのだ。だって〈つる〉の実年齢は八十二歳なのだから。

これは、精神年齢が四歳くらいになってしまった〈おばあさん〉のいる暮らしを、どちらの視点に立つというのでもなく、平面的に描写した作品だ。ただし象徴的に、だけれど。漫画という表現手段の秀逸性《しゅういつせい》が俄然発揮《がぜんはっき》されるのはこういう時だ。リボンをつけた四歳児の女の子の姿をそのまま見せることができるのだから。〈つる〉を内側で支えているのは四歳の〈つる〉であって八十二歳の〈つる〉ではないのだとしたら、四歳児の姿で登場させるのはむしろフェアなのだ。〈つる〉はここで、誰からもバカにされる筋合いのない、世の四歳児の一人としてふつうに生きている。

＊　＊

世間体も、年相応に振《ふ》る舞《ま》わねばというストイックな自覚もさらりと捨てて、自分の中に最後まで残った軸に自分を預けて生きるのは、さぞすがすがしいだろうなあ……と思う。人によって軸の年齢はそれぞれだろうが、俗諺《ぞくげん》に従うなら〈年をとると子どもに還《かえ》る〉ということになる。とすると、〈年をとるのが楽しみ〉と、やはり言えるのではないだろうか。四歳になるのはさすがにちょっと不安だけれども……。

未解決お団子事件

これは、ばかばかしくも謎に満ちた、学生時代のエピソード。

デパートのお団子コーナーで、一日だけの売り子のアルバイトをしたことがあった。五百円玉大の、あんこに包まれたころころした形状のお団子が二十個ほど、竹を模《も》した緑の紙箱にすでに詰められているのを簡単に包装して売る。そのかたわら、新しい箱から数個ずつ取り出して試供品用のお皿にのせて爪楊枝《つまようじ》を刺し、なくなったらまた補充する、という仕事だった。お団子はショウケースの中に陳列《ちんれつ》されているほか、ひと箱、見本用に、蓋《ふた》をはずして中身をみせびらかした状態でケースの上に置いてあった。

いったい〈どこ〉の〈何団子〉だったやら、すっかり忘れてしまったけれど、とにかくそのお団子は二日間だけの特別販売だったはずで、「昨日はほんとによく売れたね」「すごかったねえ、手が足りなくて大変だったね」と売り場の主任らしきオジサンとベテラン店員らしきオバサンが、まだお客が来はじめない閑散《かんさん》とした売り場で、半分は私に聞かせるように興奮気味に話していたのを思い出す。

やがて食品フロアーはお客でにぎわい始め、私も二人に倣《なら》って「〇〇団子、いかがですかあ！」と呼びかけ、振り向かせ、せっせと包装し、お金を受け取り、お釣りを渡し、明るく元気な売り子さんに徹《てっ》して忙しく立ち働いた。（もっともその間、私があんまり気前よく試供品を提供しすぎると言って、主任オジサンにつつかれたけれど。——だって、お団子を出して爪楊枝をさすや否や、ほどよい位置で待機していた、しけたふうのおじさんや羽振《はぶ》りよさげな奥さんやらが、一《いち》丸《がん》となってワッと蝟集《いしゅう》し、たちまちたいらげてしまうので、私としては頻繁《ひんぱん》に補充しなければならなかったのだ）

さて、お客の波がいくらか引いたとき、それを待っていたのか、眼鏡をかけた昆虫っぽいおばあさんが一人、ツンツンツンツンッという感じの目つきと足つきで近づいてくるなり、手提《てさ》げから〈お団子〉の箱を取り出して、私に突き出しキンキンと言った。

「昨日、食べようと思って包みを開けたら、これが入ってたの。もうびっくりしたわよ！　取り替えてちょうだい！」

一瞬きょとんとした後、私だってびっくりした！　受け取ったのは竹を模したプラスチックの箱。その中に、販売中の商品より数段りっぱでおいしそうなお団子がきちんと並び、ガラスの蓋がかぶせてあった。ただし振ろうが揺すろうが、お団子はびくともせずに箱の底に貼りついて一体化している。つまりそれは蝋《ろう》のお団子だったのだ。とそこへ柱の裏側から現れた主任オジサン。「アッ！」と叫んで、「あったよ！」と店員オバサンに声をかけ、「えっ、あったの？」「あったあった」と二人して喜ぶ。おばあさんはプリプリ。二人は深謝《しんしゃ》。私は命令にしたがい、急ぎひと箱包んで渡す。おばあさんはツンツン立ち去る。この間、非常に短し。

「あの人んとこに行ってたんだあ……」

感慨深《かんがいぶか》げな二人は、ケースの上に飾っていた見本用の本物のお団子をしまい、代わりに、戻ってきた蝋見本を立てた。

「あのう……どういうことだったんですか?……」

私は尋《たず》ねずにいられない。主任オジサンが言う。

「うん。昨日、ここに立てておいたこの見本が途中からどっかにいっちゃって探してたんだよ。出てきてよかった。しかし、食べようとしてこれが出てきたら、ショックだったろうなあ」

はあ……そりゃあ、ショックだったろうなあ。

――〈おじいさん、お茶にしましょ。お団子買ってきたわよ〉紙をびりびり。〈ほお、りっぱな団子だなあ〉おじいさん舌舐《したな》めずり。〈あら、ガラス?〉などと思いつつもおばあさん、カチャンッと蓋をはずし、小皿片手に端の一つをお箸《はし》で摘《つま》む……が、かちっ、つるり。お箸は滑《すべ》る。〈ん?〉〈どした?〉〈へんなのよ〉〈どれどれ〉二人、素手《すで》で検分。冷たい。固い。くっついている。取れない。そんなばかな。ややっ！　これは蝋見本……。がーん——。

まあなんて気の毒な……とは思うのだけれど、蝋見本を前に青ざめる老夫婦の衝撃や食べそこなったお団子への未練を想像すればするほど笑いがむくむくとこみ上げてきて、ついに吹き出したが最後、どうしても止まらなくてお腹《なか》を押さえてうずくまっていたら、とうとう主任に叱られた。

「こら、いいかげんにしないか。人の不幸をおかしがって笑うもんじゃないよ。……混雑してるときは、何かと間違いはおこるものなんだ」

「……はい」

やっとのことでこらえたあと、考えた。一体全体、誰がどこでどう間違えたんだろう？　売る方？　買う方？　立ててある見本をわざわざ包装したのはなぜ？

昆虫じみたおばあさんを思い出すたびに、また危なくプッとなるのをこらえつつ深い深い謎に包まれる。

積年《せきねん》の靄《もや》の向こうには

今は昔、イタリアで。

友達の友達の友達に、優雅で美人で怖い顔のビスクドール風の女子学生がいた。少しも意外ではないことに彼女は貴族の末裔《まつえい》で、寛大《かんだい》にも友達やその友達やその友達を、つまり私までをも、フィレンツェ郊外にあるおばあさんのお屋敷に案内してくれたのだった。

田舎道を走り林をくぐったその奥に、広大な庭のある古めかしいどっしり大きな石造りの館があった。

中は暗かった。廊下があちこちに延び、ちょっと昇る階段やちょっと下る階段があり、扉があり大きな部屋があり、ふと見るとその一郭《いっかく》で紳士が机に向かって本を読んでいたり、また別の部屋を通ると、若者がテーブルで何か食べていたり、

二、三の人影がすっと通りすぎたりした。彼らは間借人《まがりにん》らしかった。
私はただもうポカンとしてみんなの後をぐるぐるついて歩くばかりだったが、

「いったいお部屋、いくつあるの？」と、聞いてみずにはいられなくなった。

「子どものとき、いとこたちと数えてみたことがあるけど、百まで数えてやめちゃったからわからない」

ビスクドール嬢は笑って答えた。

百以上も部屋のある館……。バーネットが書いた物語『秘密の花園』が頭をよぎった。主人公メアリーも百以上の部屋があるというお屋敷を探検するのだ。あれはイギリスだとしても、きっとこういう感じだったのだ！　積年の靄がパアッと晴れるようだった。

物語を読んでふくらませてきた謎や憧れ……。ふとした瞬間にその実体に触れては、ああこういうことであったかと胸が詰まるヨーロッパなのだったが、実際、どんなに多くの日本人が翻訳された物語を通して異国を知り、憧れを募《つの》らせたことだろうと思う。ではその反対は？　それは到底《とうてい》あり得ない。〈物語を通して募らせる異国への憧憬度《しょうけいど》〉なるものを測るなら、日本人を載せた天秤皿《てんびんざら》は、悲しいほど重たくどしんと下がるにちがいない……。

＊　＊

さて、貴族の館の中をメアリーの気分に浸《ひた》りながら進みゆき、次なる扉をくぐったときだった。しんとした一段と広い部屋の中に、背の高い老婦人が立っていた。白いスラックスに大判のショール。銀髪をきれいにまとめ、高い鼻に眼鏡をのせ、背筋をぴんと伸ばした、うわっ高貴っ！　という感じのその老婦人こそ、ビスクドール嬢のおばあさんだった。

てっきりそのまま通過するものと思っていると、おばあさんは我々の到来をいくらか待ちかまえていたらしく、「あなたがたにお見せするものがあるのよ」と、準備していたらしいアルバムを、優雅な仕草で手にとった。中国で発掘調査に同行したことがあるとかで、そこには記事の切り抜きや出土品とおぼしき写真などが並んでいた。それらを示しながら、おばあさんは滔々《とうとう》と語り始めた。話はむずかしく、途中で聴講を諦《あきら》めた私は、早く終わってくれることを願う一方でぼんやり思っていた。どうしてこのおばあさんは、こんなに一生懸命になって中国での考古学的体験を語り聞かせてくれるのだろうと。そのときふと思う。もしかすると……もしかする……?

＊　＊

その数か月前のこと。北イタリアを走る汽車の席で向かい合わせになったおばあさんは、ぽってりとした田舎ふうの温厚そうな人だったが、間近で見る東洋人がめずらしかったのだろう。こちらをじろじろ見つめた後、言葉が少し通じそうだと気づくや急に笑顔になり、お決まりの台詞《せりふ》から会話が始まった。

「どちらから?」「日本からです」「……それは……つまり中国だわね?」「いえ、別の国です」「でも中国のほうなんでしょ?」「はい、まあ……」

隣に座っていたおじいさんがやれやれというように首を振り、おばあさんを手で制しながら、ちょっと得意げに身をのり出した。「わたしは知ってますよ。日本は日本。中国とは違いますさ。ねえ」

それでもおばあさんは、「でもだいたい中国なのよね？　大きい国だもの」と、何としてでも中国にまとめてしまいたいのだった。おじいさんは、「だーかーら！」と説得にかかったが、おばあさんは、「はいはいわかりました。でも細かいことはまあともかくとしてもさ」という感じに持ちこみ、日本は何となく中国の一地方に収まったまま、和《なご》やかに車中の時間は流れていったのだ。

＊　＊

いやいや、もしかするはずはない。知性の塊《かたまり》みたいなビスクドール嬢のおばあさんが、汽車のおばあさんと同じ地理概念をもっているとは、とうてい考えられなかった。

私はレクチャーの輪から完全に離脱して、少女だった頃のおばあさんが、その豪《ごう》壮《そう》な館で過ごしている姿を想像したりしていた。仕立ての良いきれいなお洋服を着た、きれいな子だったろうなあ……。ああ、まるで物語そのもののようではないか……。そして傍《かたわ》らでは相変わらず、難しい顔つきのおばあさんが、新たな資料を手繰《たぐ》り出しては、なぜかせっせと中国のことを語り続けるのだった。

おばあさんとクマ

おばあさんとクマがワンセットになった、(しょうもない)思い出話を三つ書いてみようと思う。

一つ目は、「おばあさんとアナウンサーのやりとりがおかしくってさあ!」とラジオを聞いていた夫が、おおはりきりで教えてくれた話。

おばあさんは、樺太《からふと》(今のサハリン)に住んでいた頃、友だちと連れだって山菜採りに行ったのだそうだ。藪《やぶ》の中をずんずん進み夢中になって山菜を摘《つ》んでいると、近くでごそごそ音がする。てっきり友だちだと思って話しかけたが返事がない。妙に思って顔をあげるとどうだろう。そこにいたのはクマだった。

「あれにはたまげました。ツキノワグマだったからよかったものの、ヒグマだったらおしまいでした」「ほお。さぞ怖かったでしょうねえ……。でも、樺太でしたら、それ、ヒグマだったんじゃないんですか？」とアナウンサー。「はいはい、そうなんです、ツキノワグマだったからよかったんです」とおばあさん。「……あのう、ツキノワグマは樺太にはいないでしょうから、ヒグマだったんだと思いますけど……」「そうですそうです。ヒグマだったらいけません。私は今ごろ生きてません。ツキノワグマでしたからねえ」「はあ……」

アナウンサーは暫《しば》し退却しおばあさんに話を譲《ゆず》ったあと、「ところで、ヒグマだったんでしょうね、ツキノワグマは樺太には……」と頃合いを見計《みはか》らって食い下がる。「ええええ、そうなんです。ツキノワグマだったからよかったんです。ヒグマだったら私は今ごろ……」おばあさん、同意しつつも同意せず。「ははあ。しかし樺太にヒグマはいないはずですから……」「そうなんです。ツキノワグマだったから……」

こうして今ごろは生きていなかったはずなのに生きていた（だって樺太にいるのはヒグマですから）おばあさんの出番は終わったそうだが、このやりとりを自分の耳で聞いていたかったなあと、私は今でも思うのだ。

＊　＊

二つ目は本物のツキノワグマの檻《おり》の前での出来事。

長野のとある小さな公園でベンチに腰かけ、可愛いなあと思いながら、檻の中のクマを眺めていた時のことだ。わりあいきちんとした身なりの眼鏡をかけたおばあさんが手を後ろに結びながらトコトコやってきたと思うと、クマの前で眉をひそめ、ぶつぶつと声をあげたのだった。

「なんだこれは。妙なやつだ。ずいぶんと鼻がとがってること。あれまあ丸々して。これ、お前はいったい何なんだい？　ははあクマか。ツキノワグマか……。おかしなやつだ。おいこれ、クマ。ほんとに妙だぞ！」

いきなりだったのと、おばあさんの真面目《まじめ》そうな見かけと振舞《ふるまい》とのギャップに目がパチクリ。つい居住《いず》まいを正し、おばあさんに見とれてしまった。

何年もたって、記憶の中から蘇《よみがえ》ったこのおばあさんは、幼稚園の先生に姿を変えて絵本に登場することになった。動物たちに悪口を言って歩いて逆襲されるの*だけれど、へこむどころかそれをきっかけに動物たちと仲良しになるという能天《のうてん》気《き》な先生の話だ。

そのおばあさんも言いたいことを言いながら、案外、皆に好かれ、楽しく余生を送ったのではないかしら。

＊

＊

さて最後は小学二年の頃の私自身の祖母の思い出。

祖母は銀行からもらったマスコット人形を棚の上に並べていた。ほとんどは今はなき北海道拓殖銀行《ほっかいどうたくしょくぎんこう》の可愛いクマのマスコット、タクちゃんだったが、端《はし》に一匹、あまり可愛くない北陸銀行のポツ目のクマがいた。

藤色に塗られたこのポツ目のクマだけが、見るたびになぜか頭を手前にして仰向けに倒れているのだった。私はそのたびに直しておいた。ところが直しても直しても、次に見るとやっぱりバタンとホトケ倒れ状態になっている。そこである

*『つんつくせんせいどうぶつえんにいく』（フレーベル館）

時ついに思い余って祖母に尋ねた。

「おばあちゃん、どうしてこれだけ、いつもこうなってるの？」

「え？……じゃあいつも縦にしてたのはあんただったんだね！　いたずらだこと。そのままにしとくんだよ」

驚いたのはこっちだ。一体どういうこと？　祖母が仰向けになったクマのお腹《なか》をなでながら言った。

「かわいそうにねえ。這《は》い這《は》い人形なのに……」

祖母としては、おくるみを着た（人間の）赤ちゃんの背中をなでたつもりだったのだ。

「おばあちゃん！　これ、クマだよ！　まっすぐ立ってるクマなんだよ！」

「えっ……！」

一件落着。かくして祖母と私は笑いに笑った。

——ところが（ネットのお蔭で）今初めてわかって、もう吃驚仰天《びっくりぎょうてん》したのだけれど、そのキャラクターはクマではなくネズミだったらしい。

ナポリの空の下

四十年来の友人Mちゃんが、(このエッセイを連載していた時に)電話で言った。

「ねえお願い。ナポリのおばあさんのことも書いて。だって何度も何度も思い出すんだもの。昨日も思い出したとこだったの」

「……あ、オレンジ売りの?」と私が言うと、

「あ、そのおばあさんも覚えてる! でも私がいつも思い出すのは道を渡るおばあさんなの。ほら、あの!」と、Mちゃんはじれったそうに声を励ました。

三十年前にそのおばあさんを見たのは私であってMちゃんではないのに、おばあさんは、かくも長き間ぬくぬくと、彼女の中に棲《す》みついていたのだ。

「ほら、ナポリって、信号が壊れてるじゃない?」

未《いま》だ国外には一歩も出たことがなく、この先出る気もないMちゃんが、生き生

きと語りだした。

「車は次から次からどんどんやってくるけど、絶対に青にならないから、いつまでたってもホーコちゃんたちは渡れないの。するとそこに長いスカートをはいた腰の曲がったおばあさんが杖《つえ》をつきながらやってきたと思ったら、車がびゅんびゅんくるその道路に、悠々《ゆうゆう》と踏みこんでって、ハッシ、ハッシ、とこう、杖を、右に左に払いながら進むわけよ！　車のほうをぎゅっぎゅっとにらみつけながらね。すると車は、まるで魔法にかかったみたいに順々に、ぴたりぴたりって、おばあさんの手前で止まるのよ。そうやっておばあさんは、難なく向こう側に渡っちゃうの。そう、ハッシ、ハッシ！　ここがだいじなのよね。それでホーコちゃんたちは、その次からはそういうおばあさんにくっついて道を渡ることにしたのよ。ね、そうだったよね？」

まったくそうだった。駅に降りて幹線道路を渡ろうとしたらもう信号は壊れていて、流れゆく車の列を茫然《ぼうぜん》と眺めるところから、ナポリの旅は始まったのだ。

今は知らずあの頃は、信号はどこもさっぱり頼りにならず、無法状態の通りを、ドアの取れた車や、前と後ろに三人ずつくらい乗っけたバイクなどがブイブイ飛ぶように駆けぬけていた。車列が停車を余儀《よぎ》なくされれば（壊れていない信号のせいだとしても）、「まだかよお〜」とばかりに、クラクションがけたたましく鳴り響く。時には、「ファブリッツィオ〜ッ！」だの「アンドレ〜ア〜ッ！」だのと誰かを呼ばわる張りのある大音声《だいおんじょう》まで混じった。その剣呑《けんのん》でかまびすしい混沌《こんとん》の中へ、ハッシハッシのおばあさんたちは平気で斬《き》りこんでいくのだ。腰を曲げ杖をついているのだから、颯爽《さっそう》となんかしていない――はずなのだけれど、あたしゃ一歩も引かないよといった決然としたあの横断態度は、まことに堂に入ったものだった。

その昔、旅帰りの興奮覚めやらぬ私から、みやげ話をあれこれと吹き込まれたMちゃんは、道を渡るおばあさんの精神性をもしっかりとらまえて、記憶の襞《ひだ》に保存したのだろう。そして、その勇姿を繰り返し反芻《はんすう》していたのだ。

「車に気をつけながら道を渡ってるとき、二回に一回くらいは、ナポリのおばあさんのことを思い出して、なんか嬉しくなるの。ハッシハッシがいいなあって」

でも、〈ナポリのおばあさん〉と聞いて私が咄嗟《とっさ》に思い出した、〈オレンジ売りのおばあさん〉だって、なかなかなのだ。

＊　＊

スカーフをかぶったそのおばあさんは、道端《みちばた》に台を据え、ザルの中にもぎたてのみずみずしい果実を盛って、道行く人を相手に商売をしていた。なぜ、それがもぎたてとわかるかといえば、たわわになったオレンジの木の下で店開きをしているからだった。減ってきたらちょっと座高を伸ばし、両手をかかげて実をもぐというシンプルこの上ない仕組み。この光景を見たとたんわくわくした。だって商《あきな》いの安直ぶりが楽しいし、目がパッチリするような明るく可愛らしい図柄だったから。それに、いかにもちゃっかりしてたから。——というのは、オレンジの木の所有者であるおばあさんが、自分で丹精《たんせい》したものを収穫して商っているのではなく、たわわに実った木を探し求めては、木陰《こかげ》から木陰へとすばしこく移動し、その真下に店を開いているとしか思えないからだった。〈違っていたら申し訳ないけれど、まあたぶん違ってはいないだろう〉

〈道を渡るおばあさん〉も〈オレンジ売りのおばあさん〉も、あのナポリの空の下で、自若《じじゃく》として生きているって感じだったなあ……などという想像は、いい気な飛躍だろうか。でももしマイクでも向けられたなら、あの人たちはきっと身をのり出し、すぼめた五本の指先を自分に向けてくいくい動かしながら、力をこめ自信たっぷりに答えるのではないかしら。「何たって、このナポリが世界一。ここで生きて、ここで死ぬ。これが私の人生！」なんていうふうに。

このおばあさんたちに惹《ひ》かれ続けるのは、そういう言葉から遠いところに自分がいることを知っているからなのかもしれないな……。Mちゃんも私も。

II

本のなかや映画のまわり

こわ〜い宝石

もし皆さんの中にクラシック映画ファンがいらしたなら、〈老嬢〉と言やぁ、あれでしょうよ！　なんてじりじりされていたのでは？　わかってます。フランク・キャプラ監督の『毒薬と老嬢』（一九四四）ですよね？（ＤＶＤになるまで、大枚《たいまい》はたいてレーザーディスクを買わない限り見られなかったブラックコメディーの金字塔《きんじとう》で、そんなことのできない一般人にとって、幻の名画に焦《こ》がれる期間の、ああ長かったこと！）

老姉妹の上品な無邪気さと、していること（ま、タイトルから見当がつくでしょうから言っちゃいますが、つまり毒殺ね）のギャップからして、いかにも作り物めいた、きっちりきれいな額絵のような名品で、しかも、ここまでドタバタでよいのか？　ここまできわどいコテコテでよいのか？（よいのだ！　という声が今にも聞こえてきそうだけれど）とあきれるほど、毒と笑いと台詞とがぎゅう詰めの過剰《かじょう》さ。イギリス風かつ上等なワルふざけを楽しみたい方には絶好のお誂《あつら》え品《ひん》、ぜひ気力を充実させてご覧になってみてください！　と、力強く『毒薬と老嬢』を持ち出していながら何ですが、しかしここではあえて、同じく老姉妹が登場し、殺人事件も起こるものの、これとはまるで対極の、芯からぞわ～っとする別の名品の方を一つ、たっぷりとりあげたい気分。

ダフネ・デュ・モーリアという女性作家をご存じだろうか。ひたひたと迫りくる不気味な気配と、不安と恐怖にかられておののく切羽《せっぱ》詰まった人間を描き続けた、一九〇七年生まれの英国作家で、映画化された作品がヒッチコックの『鳥』や『レベッカ』だといえば、なあるほど、と思われるでしょう。

書こうとしているのは、彼女の中編小説「今見てはだめ」を映画化したニコラス・ローグ監督、ドナルド・サザーランド主演の『赤い影』（一九七三）のことなのだ。深い悲しみの淵《ふち》にある夫婦が（幼い娘を亡くしたのだ）訪れたヴェニスで、謎めいた老姉妹と出会うところから現実が揺らいでいく。姉妹の一人には霊感があり、赤いコートを着た女の子があなた方のそばにいるのが見える……と告げるのだ。掴《つか》みどころのないこの姉妹に惹《ひ》かれていく妻。不穏な気配を察する夫。折しもヴェニスの街は、猟奇的《りょうきてき》な連続殺人におののいているさなかだった……。

制作から十年遅れて一九八三年に日本で封切られたときに劇場の大きな画面で見て以来、この映画の片々《へんぺん》が、忘れられない悪夢のように幾度も記憶の底から浮かびあがった。荒涼とした冬の運河……暗闇の中の朽《く》ちた石肌《いしはだ》……赤いコートの子ども……サザーランドの張りつめた表情……細い路地……そして薄笑いを浮かべた老姉妹の二人連れ……。ところが、すべてが不気味だというのに、なぜかそれらは、アニス酒のような眩暈《めまい》を誘う奇妙な甘美《かんび》さを伴って立ちのぼってくるのだった――。

何がそうさせるのだろう？　凡庸《ぼんよう》なサスペンスやサイコホラーと、どこがこうも違うのだろう？　と問いかけはしても、真面目《まじめ》に分析してみたいわけではなかった。だってそんなのつまり、「よく出来ているから」に尽きるのだし。ところが原作「今見てはだめ」を読んでみて、「よく出来ている」とはどういうことなのか、その説明の一端になり得る興味深い事実に改めて気がついた。作品の一番の理解者は、けっして作者とは限らないということに。

原作を読むまで私は高を括《くく》っていた。小説の映画化によくあるように、原作は原作、映画は映画、別物なのだということを、ただ確かめることになるのだろうと思っていたのだ。けれどこの映画の場合はそうではなかった。小説の本質を鮮明に表に引き出すことを一番の目的に、懸命に知恵が絞られているのだった。書かれてはいないが潜んでいる（はずの）ものも描く。何気なく書いてある小説の細部を鍛《きた》え直《なお》し、運命の輪を動かす一つ一つの歯車に変える。作家が淡白にやり過ごしたヴェニスの情景描写を引き取って成就《じょうじゅ》させる。何しろ〈場〉は、この物語では絶対不可欠な要素なのだ。

そして観客を誤導《ミスリード》しつづける錯綜《さくそう》した作り。これは一見、本質を鮮明にという意図に反するように見える。しかし、自分たちの身のまわりで何がどう進行していくのかわからないまま、抗《あらが》いがたい力に引きずられて破局に向かっていく不吉な予感に満ちたこの作品は、錯綜的に描かれることでいっそう本質に近づくのだと思う。この表現方法に大きく貢献《こうけん》しているのが、普段着やよそ行き、さまざまの服装で、行く先々に、ふらり、にやり……と現れては、甘やかでぞっとする残像をちらちらと置いていく、老姉妹の存在なのだ。

作者に勝《まさ》る作品の理解者ニコラス・ローグ監督のおかげで、原石が宝石になったような『赤い影』。ただし、ご覧になる時は『毒薬と老嬢』との二本立てにし、屈託《くったく》のない連続殺人でお口直しするのがいいかもしれません。だって、すご〜くこわ〜いんですよ、特に最後がね！

Don't Look Now

りんごの木の下や上

子どもの頃、姉がとっていた学習雑誌の付録に『世界の童話』という、何篇《なんぺん》ものお話が載った読みでのある冊子がついていたことがあった。貸してもらい、大人ぶって大人っぽそうな作品から読んでいき、最後に残った子どもっぽそうなのをまあ仕方ないかと読みだしてまもなく、わっと心を掴《つか》まれ、そのままずぶずぶと引きこまれ、最後の一行を読んだときには全身に電気ショックを受けたみたいに、ぼーっとし、別の私になっていたのだった。そう、たしか最後はランプがひとつ、りんごの木の下に残っているのだ――。

それが単行本になるずっと以前の(おそらく抄訳《しょうやく》の)「りんごの木の下の宇宙船」だった。ルイス・スロボドキン作、神宮輝夫《じんぐうてるお》訳。桜井誠《さくらいまこと》絵。この方たちのお名前を初めて知った時でもあった。(スロボドキンが画家だったと知るのは後のことだ)

夏休み、おばあさんの家に泊りに来ていたエディー少年が、りんご畑に不時着した宇宙船の飛行士、つまり科学が極度に発達したマーティニア星から来た宇宙人の少年と知り合い、宇宙船が直り星に帰るまでの日々を友だちとして共に過ごすという物語だ。夏の夜の気配……りんごの木の枝に逆さに立っていた少年……村のよろず屋……埃っぽい道……納屋……。いくつもの光景を思い出す。そして、物語世界をのどかに温かく支えていたおばあさんのことを。

そもそもからして私は、冒頭部分のおばあさんの登場の仕方に衝撃を受けたのだった。「エディー、さっき何て言ったんだい？　台所で水を出していたから聞こえなかったんだよ」とエプロンで手を拭《ふ》きながら現れるのだ。どうだろう、このリアリティーのあるやさしさは！　子どもだった私はもうそこで、何ていいおばあさんだろうと驚き入った。だって大人はそんなとき、適当に返事をするか、さもなきゃ「今、聞こえなーい！」と叫んでおしまいだとばかり思っていたから。しかも、エプロンで手を拭きながら来るなんて、そのあたりにいる、普通のおばあさんそのものではないか。

突飛な空想物語に錘《おもし》を付けるのは、このような日常的なちょっとした描写なのだと思う。ふだん何気なく目にしていながら、言われて初めて気づくような細部が語られていると、「そうそう、そうなの！」と共感したくなる。そんな、本当の手触りを感じる場から始まる物語は、書いてあるままを信じられ、登場人物たちと最後まで一緒に楽しい旅を続けられるのだ。あり得ないことだとちゃんとわかっていても――。

『りんごの木の下の宇宙船』が、学習研究社の「新しい世界の童話シリーズ」の一冊になっていたのを発見したのは学生の時だった。でも、私の『りんごの木の下……』とは似ても似つかない訳文と挿絵にわっと泣きそうになり、本屋から走って逃げたのだ。

＊　＊

けれども、「新しい世界の童話シリーズ」に関して言えば、箱や扉や目次のデザインを思い出すだけで、たちまちふわあ〜っと幸福な楽しい気持ちになる懐かしいシリーズだ。『町かどのジム』……『小さい魔女』……『いたずら小おに』……『空とぶ家』……『火の靴と風のサンダル』……『さよならホセフィーナ』しばらく忘れていたけれど、いわさきちひろさんが絵を描かれた『こんにちはスザンナ』も好きだったなあ……。

「りんごの木」で思い出すミラ・ローベ作『りんごの木の上のおばあさん』もその中の一冊。表紙からして素敵な予感に満ちたこの本は、期待どおり面白く、とても嬉しい本だった。

おばあさんのいる友だちが羨《うらや》ましいアンディーは、ある時、りんごの木の上にいるおばあさんを見つける。射撃で景品をとったり野馬《のまが》狩りをしたりする、とびきり面白いおばあさん——といっても、アンディーが考え出した実在しない秘密のおばあさんなのだけれど。ところがほどなく、近所におばあさんが越してきて仲良しになる。こちらはミシンを踏みながら、「おなべのふたをとるときは、やけどしないようにふきんをつかうのよ」などと台所のアンディーに声をかけたりする、やさしい、いたって日常的なおばあさんだ。

私は、このおばあさんの出現で空想上のおばあさんが霞《かす》んでいくという運びになるのかなあ……と心配だった。それが健全って思われてるのだろうし……と。ところが、「もう一人のおばあさんの話をしてくれたらわたしだってうれしいんだよ」とやさしいおばあさんは、恥ずかしがっているアンディーを励ましてくれるのだ。（空想の友だちと遊んでいるのって、知られると恥ずかしいものですよね？）かくして幻のおばあさんは現実のおばあさんにしっかり守られてよみがえり、アンディーは晴れ晴れと、おばあさんが二人いる子どもになるのだ。これは、お話の構えそのものが「錘を付けた空想物語」と言えるかもしれませんね。

この本は近年、岩波少年文庫にもはいったし、『りんごの木の下の宇宙船』は（そんなわけでしぶしぶ言いますが）図書館にあるはずです。いいおばあさん達に会ってみてくださいいな！

〈卵焼き〉としての〈とびあがるおばあさん〉

書こうとしていた〈おばあさん〉のことを――それもそのおばあさんのとびあがる姿のことを――考えていたら、うんと小さいときに、デパートの食堂で、周囲にあきれられながらも、頑《がん》として注文した幕の内弁当のことを思い出してしまった。

家族がそれぞれ軽い昼食のメニューに向き合うなかで、幼児の私だけが一人、年よりじみた黒い大仰《おおぎょう》なお膳《ぜん》を前にしたのは、ひとえに〈卵焼き〉のせいだった。ショウケースの中のお膳の片隅に、三センチ×四センチくらいの〈卵焼き〉が納まっているのが目にはいったとたん、そのえも言われぬやさしげな色と姿のとりこになり、外野の声など耳に入らなくなったのだ。〈卵焼き〉の価値が、そのまま幕の内弁当全体の価値だった。

ところでその〈おばあさん〉というのは映画の登場人物なのだが、その〈おばあさん〉ゆえに、(しかもポーンととびあがる後ろ姿の一瞬のシーンのゆえに)私はその映画が、いっそう好きでならないのだ。〈とびあがるおばあさん〉が、その映画全体の(私にとっての)価値を決定づけたともいえる。わかってはいるのだ。全体の〈構え〉から〈しつらえ〉から、何もかも実によく出来たこの作品を褒《ほ》めちぎりたいときに、いの一番に挙げるシーンとしては完全にずれているということは。でも、誰もが認める〈みんなの傑作《けっさく》〉は、片隅の〈卵焼き〉に心奪われることで、〈私だけの大切なもの〉へと質を変えるのである。

件《くだん》の映画は、一九三八年制作のイギリス映画『バルカン超特急』。ハリウッドで活躍する以前のヒッチコックが三十代で撮った作品だ。ところで『バルカン超特急』というのは御多分にもれず「邦題」で、〝The lady vanishes〟(婦人、消え失せる)というのが原題。とはいえ、無茶苦茶なタイトルというほどでもなく、バルカン半島にあるとおぼしき架空の国を出発した特急列車が舞台となることからついたもの。つまり、疾走《しっそう》する列車内で婦人が忽然《こつぜん》と消えてしまうというサスペンスなのだ。

物語のはじまりは、前夜の宿泊光景。列車内で重要な役割を担うことになる人々が、ささやかな関連性を見せつつ少しずつ登場する。バカンスを終えてイギリスに帰国する美しい娘（むろん主役のお相手にのし上がる）、ぶしつけだけれど骨のある若者（むろん主役！）、音楽教師を勤めあげた老婦人、不倫中の中年カップル、クリケット狂の英国紳士の二人連れといった面々で、もうこの段階でそれぞれの人となりがおおかた描き出されると同時に、不穏な予兆のほのめかしや、ユーモアたっぷりのシークエンスなど、ヒッチコックの冴《さ》えわたるセンスと手並みが惜しみなく披露《ひろう》され目が釘付けになる。そして翌朝、列車に人々が乗りこむや、物語はダイナミックに動きだす。主人公の娘といっしょだった老婦人が、煙のように消えてしまうばかりか、乗客だれもが、そんな婦人は見たこともない、初めからいなかったと言い張って、娘はパニックになるのだ。

でも内容についてはここまで。サスペンスの顛末《てんまつ》を書くわけにはいかない。とはいえ、〈とびあがるおばあさん〉のことにいっさい触れず、なぜかくも心惹《こころひ》かれたかさえ秘密のまま逃げを打つのでは、いくらなんでもあんまりだろう。というわけで、さしさわりない範囲で（隔靴掻痒《かっかそうよう》の思いをいだきつつ）少々語ることにする。

いったいにわれわれは、どのような〈おばあさん〉像をもって、愛すべき典型と見なすだろう。笑顔をたやさず、やさしく上品でおしゃべり好きで、豊かな人生経験に裏打ちされた知性をもち、こちらを温かく包みこんでくれるような、ふっくらした人といったところだろうか。とすれば、メイ・ウィッティー演じるこの老婦人こそその人だ、という感じがする。しかし、この〈おばあさん〉、それどころではすまされない、桁《けた》ちがいの勇敢さと肝の太さを備えているのだ。

とびあがる次の瞬間にはもう場面が切り替わるから、彼女のその後について、我々は宙ぶらりんを強いられたまま、進みゆく映像を目で追いかけることになる。

しかし心は驚きに満ち、〈とびあがるおばあさん〉の残像を追い求める。なぜなら、ただの可愛いおばあさんが屈託《くったく》なくポーンととびあがるのと、あまりにも質が違うから。そのような（ここが書けないところだが）人生を選び取って年をとり、年とったことなどおかまいなしに、なおそれを選びつづけるという驚くべき一つの生き方を、その一瞬の跳躍シーンは宿しているのだ。かっこいいとはこういうのを言うのだと思う。

未見の方はビデオ屋さんへ飛び、ぜひ借りてごろうじろ。見るうちに、「あっ、これだ！」というシーンに出くわして、「なるほど片隅の〈卵焼き〉か」、と合点してくださると思います！（「これこそメインディッシュだ」とまで感じる酔狂《すいきょう》な人は、ま、いないか）

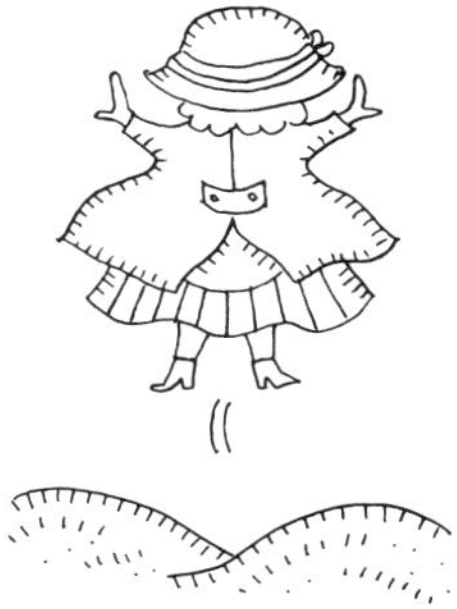

レモン色の本のこと

女の子って何でできてる？
女の子って何でできてる？
砂糖、スパイス、いいものぜんぶ
そういうものでできてるよ

というマザー・グースの歌に倣《なら》うなら、〈女の子〉末期の頃、私はかなり〈尾崎翠《おざきみどり》〉で出来ていた。

高校三年の秋のこと、私と同じくらい偏屈《へんくつ》で気難《きむずか》しやだった仲良しのTちゃんが「きっと気に入ると思うの」と貸してくれたのが、今はなき出版社、薔薇十字《ばらじゅうじ》社が出したレモン色の本、尾崎翠の『アップルパイの午後』だった。

その頃の私は、親の転勤によって下宿暮らしを強いられていたのだが、その本は、そういう十八歳の〈女の子〉の心に、これ以上ないというくらいよく適《かな》った、まことに沁《し》み入《い》る小説集なのだった。何しろ、中の一篇、作者の代表作である「第《だい》七官界彷徨《ななかんかいほうこう》」などは、〈よほど遠い過去のこと、秋から冬にかけての短い期間を、私は、変な家庭の一員としてすごした。〉という文で始まるのである。

――分裂心理の専門家である長兄、肥やしの研究のため二十日大根や蘚《こけ》を育てている次兄、音楽学校の受験生である従兄《いとこ》。古ピアノ付きの陋屋《ろうおく》でこれら三人と共同生活を始めた若い〈私〉は、〈人間の第七官にひびくような詩を書いてやりましょう〉と目論《もくろ》みながら、まるで地に足のつかない奇妙な日々を送るのだ――。

文章はぎこちなく素敵。内容は妙ちきでそぞろで求心的。全体に仄暗《ほのぐら》くメランコリックで、ひんやりひりひりするような切なさに被《おお》われていながら、曇《くも》りガラス越しに見る電燈のような曖昧《あいまい》な光が常にぽうっと点《とも》っている。子どもじみたおかしみにも溢《あふ》れている。こんな不思議な小説は初めてだった。ありのままの現実描写や心情の吐露《とろ》でもって、生々しく迫ってくるたちの小説とはおよそかけ離れた、考え考え織り出された精緻《せいち》な作りものの世界……。〈訴えたいこと〉だなんてどこ吹く風。

その後ほどなく、神田の古本屋で同じ本をみつけて贖《あがな》った私は、たいせつなものだというのに、あちこちに線を引かずにいられなかった。古い鉛筆の線は今でもそのままになっている。――〈彼は「むうん」とひとこえ、地ひびきにも似た低い歎声《たんせい》をもらしたのである。〉〈年とったピアノは半音ばかりでできたような影の薄い歌をうたい……〉〈彼は折おり臭気を払うために鋭い鼻息を吐き、それは一脈の寒い風となって私の頸《くび》にとどいた。〉〈老人の背中はきんちゃく型の袋で愛嬌深く《あいきょうぶか》飾られていた。〉などなどなど――。

病膏肓《やまいこうこう》。私は学生時代、〈尾崎翠氏を愛おしみすぎて〉などという言い訳を一言付して、剽窃《ひょうせつ》すれすれの短編を四つ、仲間うちの同人誌に載せたりしたのだった。

＊　＊

それはともかく〈おばあさん〉である。

「第七官界彷徨」と、その数か月後に発表された同じ娘をめぐる作品「歩行」のどちらにも、祖母である〈おばあさん〉が出てくる。「第七官界……」では回想や話題の中に。「歩行」では実際に。脇役として登場するこの〈おばあさん〉がなかなかいいのだ。

ところで尾崎翠は明治二九年（一八九六年）の生まれだから、彼女の祖母が江戸時代の人であったことは確実だ。もっとも彼女のような作家が、自分の祖母を安易に作品にとりいれるはずはないから、作中の〈祖母〉像は創り上げたものに違いないのだが、ひとたびこの人物に話が及ぶと、いきなり〈遠い昔〉という遥《はる》かな時間がこちら側へ伸びてきて、〈今〉の空気を、ゆらん……と揺らすのである。すると、日本の情緒をまとった〈懐かしさ〉や〈のどやかさ〉といったものが辺りに漂い、奇妙な研究や西洋音楽に取り組む若い連中によって生み出された非現実的な空間は、ふわっと素朴な温かみを帯びるのだ。〈おばあさん〉が作品に果たす役割はたいへん大きい。

とはいえ〈おばあさん〉は、人生の達人というふうでも、頑迷固陋《がんめいころう》な前時代の老女というふうでもない。孫娘である〈私〉のために、襦袢《じゅばん》にホックつきのポケットを縫いつけてお金を忍ばせてくれたり、〈私〉が屋根部屋にこもっているのは、運動不足から来る〈鬱《ふさ》ぎの虫〉だと思いこんで（本当は恋煩《こいわずら》いなのだが）、〈お萩〉をこしらえて、知人のもとへ届けさせたりする。夕暮れの道をたくさん歩いた後、〈神経の栄養〉になる〈お萩〉を知人とともにどっさり食べて、元気になってもらおうという企《くわだ》てだ。〈おばあさん〉はしみじみと、〈今晩のうちに十里でも歩いて来ればよいに……〉と願うのである。（十里といえば約四十キロ！）――やさしさに溢《あふ》れていて、そしてやっぱりどこか滑稽《こっけい》なのだ。

三十代で創作をやめた尾崎翠は故郷に戻り、（生涯未婚であったため、正真正銘の老嬢として）甥姪《おいめい》たちのやさしく面白い伯母さんになり、やさしく面白いおばあさんになったらしい。

Midori Ozaki

なりきりレディー

少し前の方で、フランク・キャプラ監督の映画『毒薬と老嬢』のことに触れたけれど、ここで話題にしたい『一日だけの淑女』（一九三三）と『ポケット一杯の幸福』（一九六一）も、思えば同監督の作品なのだった。

さてこの二作、タイトルは異なるものの、どちらも原作はデイモン・ラニアンの短編小説「マダム・ラ・ギンプ」で、つまり同じ作品を二回映画化したというわけだ。『ポケット一杯の幸福』がキャプラの最後の作品であることからしても、この話が大好きで、もう一度、思う存分に撮ってみたかったのだろう。（映画の作りからいえば、一作目のシンプルなモノクロ作品のほうが私は断然好きだけれど、まあそれはそれ）

舞台は三〇年代のニューヨーク、ブロードウェイ界隈《かいわい》。貧しいリンゴ売りのおばあさん（でもたぶんアラ五〇ってところなんだと思う）が、ヨーロッパに暮らす娘に宛てて、高級ホテルに住み上流人士《じょうりゅうじんし》と交わりながら贅沢《ぜいたく》に暮らしているという嘘《うそ》の手紙を――その時だけは夢見るように豊かな気分に浸《ひた》りながら――書き続けた結果、当の娘がスペイン貴族の恋人とその父親を伴って会いに来ることになり窮地《きゅうち》に陥《おちい》る。それを知った地元のギャングの親分（おばあさんのリンゴのファンなのだ）が一計を案じ、ひと肌脱いで大芝居を打つという物語。要するに、（一作目のタイトルどおり）おばあさんを即席の淑女に仕立て上げるばかりか、町の連中までも紳士淑女に変装させたりして、一致団結で盛り立てるのだ。（どうです、子どもっぽいけど、ちょっとわくわくするでしょ？）

そう、子どもの時はこの手のシチュエーションに、激しく胸をはずませたものだった。でも大人になったってやっぱりドキドキしてしまう。一張羅《いっちょうら》に身を包んで目をパチパチさせ、使ったことのない上品な言葉と仕草で周囲を欺《あざむ》き、人目が消えたとたんドーッとくつろいで雑言《ぞうごん》をはいていると、出ていった人が忘れ物をとりに戻ってきたりして、ひええ〜アブナカッタ〜という感じ。もういつボロが出るかばれるかとハラハラしながら、おかしくて嬉しくてニマニマしてしまうのだ。

加えてこのなりすまし計画にはスリルのほかにもう一つのお楽しみが伴う。それまで誰の目にも止まらなかった薄汚《うすよご》れた身なりのみすぼらしい人物が、あの手この手を施《ほどこ》した後、どんなふうになって現れるかという未知への期待。そして暫《しば》しの待ち時間を経てカーテンの陰から出てきたとき、それまでの姿との落差が大きければ大きいほど、感嘆の溜息《ためいき》をワオッ……と大きく洩《も》らし、思わず見入るという運び。

一作目ではメイ・ロブソンなる往年の女優が（『トム・ソーヤの冒険』（一九三七）でポリーおばさん役をしていた人らしい）、二作目ではあの怖い（とどうしても思ってしまう）ベティ・デイヴィスが、それぞれリンゴ売りのおばあさんを演じているが、この変身場面は、いずれ劣らぬアッと驚くハイライトだ。みじめだった若い娘が美しく生まれ変わるのを見るのは文句なしにいいものだけれど、どこからどう手をつけたらいいかわからないような老女となると戸惑《とまど》いも手伝って好奇心はいや増すというもの。だからこそ、諸問題を克服した後の上品な老婦人の出現に観客はいっそう目をみはるのだ。

＊　＊

さて話は変わって先日のこと、ささやかな怪我をして閉じこもりがちだった八十数歳の我が老母を元気づけるべく、娘と私は美容部員と化し、椅子に押しこんだ皺《しわ》多きおばあさんの顔をひとしきりいじくった。ファンデーション、アイライン、シャドウ、マスカラ……と、面白がってこれでもかこれでもかと塗りたくり、仕上げにカツラをかぶせると、さっきまでのくたびれた老婆は確かにずいぶん改良されたのだった。そこで「さ、どう?」と手鏡を渡す。期待とともに恐る恐る鏡を覗《のぞ》いた母は、「うわっ、きれい!」と（美的レベルの低すぎる）叫び声をあげるなり、奥の部屋にいた父に向かって「写真、写真!」とわめいた。何事かと現れた父も変身した老妻に（同じく低いレベルで）「おっ」とおののき、遺《い》影《えい》にどうだのと言いながら、暫《しば》しパシャパシャ。さらに、このまま家にいるのはもったいないという母のために、娘と私はニコニコ顔のギプスばあさんを支えつつ公園に散歩に出たのである。全くのところ、コスメの力、侮《あなど》るべからず。

さて家へ戻ったとたん近所に住む叔母がやってきた。私たちは（案外、父も）叔母が発するであろう「まあ、お姉さん今日きれい！」なる台詞《せりふ》をわくわくと期待した。だが待てど暮らせど出てこない。しびれを切らした母がついに、「ねえ私、今日きれいだと思わない？」と自ら詰めよると、「え？　カツラは気づいていたけど……」と叔母は言い、じいっと母を見つめ、ようやく、「……そうかもね」。

――というわけで、ちょっと士気は下がったものの、ま、簡略版《かんりやくばん》〈一日だけの淑女〉を皆でわいわい楽しみ、〈（小さな）ポケット一杯の幸福〉を老母に与えたというわけなのだった。

ベイツさん、ごめんなさい

やさしくて奥床《おくゆか》しくて慎重な人ならば、一生縁のない種類の悔悟《かいご》に、私が幾度も煩《わずら》わされるのは、つまりそうした美質を欠いているからなのだが、そのたびに必ずや脳裏をよぎるのが、ジェーン・オースティンの小説『エマ』に登場する主人公〈エマ〉と、近隣に住む〈ベイツ老嬢〉のことなのだ。

『エマ』は、十九世紀初頭のイギリスの小村を舞台に（中流から上流に属する）ごく限られた人々の交わりだけを——しかも誰と誰がくっつくかといった結婚問題を柱に縷々《るる》綿々《めんめん》とつづった、たっぷりと長い小説で、さすがにげんなりするところもないわけではないのだが、ふと気づくと「いるんだよなあ、こういう人が」「よしよし、そうだそうだ」などと引きずりこまれ、ああよく描かれてるなあ、人の姿や本当の心の動きが……と、数ページに一度くらいの割で本から顔をあげホオッと感心してしまうのだ。

さて主人公の〈エマ〉は、裕福で明るく美しく屈託のない才気煥発《さいきかんぱつ》の人気者。でも同時に自信満々の自己チュー娘で、鼻持ちならぬと言わざるをえない。〈その勢いで月下氷人的暗躍《あんやく》をするのだがそれはさておき〉一方の〈ベイツ老嬢〉は、質素に暮らす、朗らかで愛情深い善良な人間ながら、知性を欠いた凡庸《ぼんよう》で饒舌《じょうぜつ》で退屈なおばさんだ。〈エマ〉の方はこの老嬢と礼儀上交際しているものの、会うたびに聞かされる延々と続く空疎《くうそ》なお喋りに内心辟易《へきえき》している。

衝撃が走るのは七割方読み進んだあたりのピクニックでのシーンだ。各人に何か話をするよう求めた人が、〈気の利いた話なら一つ、そこそこなら二つ、退屈なものなら三つ〉披露するよう条件をつけると、〈ベイツ老嬢〉は、〈退屈なもの〉なら自分にも難なくできるだろうと、（たぶん如才《じょさい》なく謙遜《けんそん》したつもりで）上機《じょうき》嫌《げん》で答える。そこで〈エマ〉はつい口走る。〈あら難しいかもしれませんわよ。数が限られてるんですもの、一度に三つまでと〉——。

おおっとエマさん、言っちゃった……。〈ベイツ老嬢〉は初めはきょとんとし、それから赤面する。

案の定この皮肉は、〈エマ〉に惹《ひ》かれていた思慮深い〈ナイトリー氏〉を驚かせ怒らせ失望させる。「(ベイツ老嬢のような――つまり退屈だけど悪気のない人に)どうしてあんなに傲慢《ごうまん》にあなたの機知をふるうのですか。エマ、そんなことはあり得ないと思っていた」

ガーン。これは強烈。〈エマ〉はハッとし打ちのめされ恥じ入り、自分への怒りと後悔と屈辱感《くつじょくかん》に、生まれて初めて心底落ち込み、滂沱《ぼうだ》たる涙を流すのである。

ここを読んだとき、私は迂闊《うかつ》にも彼我《ひが》の区別を失って、〈エマ〉と一緒にキュウ〜ッと萎縮《いしゅく》してしまった。〈エマは私だ!〉とは申しませんが(華やかなるエマの人物像をごろうじろ)ピクニックでの失態に関していえば、いかにも私がやりそうなこと――というか、ちょこちょこやっていたことだったから。わかるとも〈エマ〉、深い深い穴を掘って、もぐりこみたくなっちゃうのよね……と、苦しい反省を共にしたのだ。

＊　　＊

小説『エマ』は、矯正《きょうせい》すべき点だらけの娘が、画策した縁結びにことごとく失敗したり、件《くだん》の鉄槌《てっつい》に猛省《もうせい》したりという経験を経て真に高潔な淑女に変貌《へんぼう》して終わる。（むろんナイトリー氏と結婚するんである）

しかしだ！　若い身空でみごとに改悛《かいしゅん》、ジ・エンド、とはいかないのが現実だ。人生はまだまだ続き、したはずの改悛は忘れるわ、なのに〈ベイツ老嬢〉の方はいなくならないわで、試練もまた続くのである。しかも厄介《やっかい》なことに、質素な独身の一女性であったはずの〈ベイツ老嬢〉は、金満な有閑夫人や、はたまた地位や名誉を備えた〈老爺《ろうや》〉なんぞにも姿を変えたりして出没する始末。

それら多様な〈ベイツ老嬢〉たちは、ちっともおかしくないのに自分でウケてケラケラ笑ったりしながら自足した長広舌《ちょうこうぜつ》を続け、聞かされるこちらは、そのつど、「根は悪い人じゃないんだし、失礼はいけない。寛容寛容……」と唱えるものの、やがて「ううむ退屈……何たる冗漫、何たる無自覚……」とジリジリし（流しておけばよいものを大人げもなく）一矢報《いっしむく》いたい気持ちを抑え、スタート前の競馬馬みたいに鼻息荒く耐えることになる。ところがふっと気を緩めた隙に、ゲートは開いてしまうのだ。カシャッ！

——かくして周囲は一瞬凍りつく。「ああまたやっちゃった……」と急いで口を押えても後の祭り。頭の中を〈エマ〉と〈ベイツ老嬢〉が駆けめぐる……。

誰か彼かが〈ナイトリー氏〉に代わって忠言《ちゅうげん》してもくれるし、その時ばかりは〈エマ〉よろしくうなだれるのだけれど、「いいのよ。まわりだって期待してるんだから。あなたが何か言いだすの」などとおだててくれる友があると、ついに、まい、あっとなってほどなく立ち直ってしまう。そして喉元《のどもと》過ぎた頃、またぞろ失敗を繰り返し、お二方《ふたかた》のお出ましと相成るわけなのだ。

Miss Bates

いとしのティギーおばさん

ビアトリクス・ポターの「ピーターラビット」のシリーズに『ティギーおばさんのおはなし』（原作一九〇五年）という巻がある。

幼い女の子ルーシーが、なくしたハンカチを捜して山道を歩いていくうちに、歌声の洩《も》れる小さなドアに行きつく。岩についたその扉を開けてみると、エプロンをした小さなおばさんがお勝手でアイロンがけをしている。くすんくんくんと動く黒い小さな鼻。帽子からはみだすトゲトゲ。「わたしの名は、ティギー・ウィンクルともうします。はばかりながら　じょうちゃん、わたしは　うできのせんたくやでございまして」というとおり、そのひとは、コマドリの赤いチョッキにアイロンをかけたり、シジュウカラのシャツの胸あてに糊《のり》づけしたりと忙しい。ルーシーのハンカチも洗濯されていた。一息ついたところでふたりは暖炉の前でお茶をのみ、それからいっしょに家を出て仕上がった洗濯物をお客に配って歩く。配り終えてルーシーがふと気づくと、おばさんは服など着ていないハリネズミになって山へ戻っていくのだ――。

こう書いてみると、どこがそんなに面白いのと言われそうな気がしてくる。

でも、〈ましろく　きよく　ゆきのようよ！　あいだに　ちいさい　フリルがついてよ！……〉という歌声にひかれてルーシーが小さなドアを開け、中の光景が目にとびこむところで、私は、えもいわれぬ幸福な感じにからだ全体がくるまれて、わくわくしてしまうのだ。

うんと小さい頃に、一人ちょこちょこと庭に出て、大きな木の後ろを覗《のぞ》いたときや、あるいは花畑の中にしゃがんでいたときに、自分だけが見つけた不思議な何か。「来て来て、あそこあそこ」と、あとから大人の手を引いてきて指さしても、それがどこだったかも何だったかも、もう、しかと言い当てられず「ほんとだってば……」と言いながら、自分でも揺らいでいく錯視《さくし》のようなもの。ルーシーの身に起きたことは、あのときのあの感覚そのものなのだ。

しかもそこにいたのが、何となく人間離れしたおばさんで、そのひとが小さな動物たちの洗濯物を扱うのを後ろから覗きながら、あれこれ質問しつつ、部屋の中をついて歩くとしたら？　そうだったのか……コマドリのあの赤い胸はチョッキで、とりかえながら洗濯に出してたんだ……めんどりは黄色の長靴下をはいてたのか……足をすって歩くから、すぐに穴をあけちゃうのね……と、よくわかったような気がしたり、おばさんはやさしいけど、帽子や服からチクチクが突き出ててちょっと怖いから、あんまりそばにすわらないようにしよう……なんて思ったりしながら、岩の中の小さなおうちで過ごす時間。これがわくわくでなくて何だろう！

本当に子どもと通じ合う、滋味《じみ》あふれるいい世界だと思う。

ところで、私はずっと、ティギーおばさんというのは五十代くらいなんだろうと思っていた。そもそもおばさんだし、顔にはさほど皺《しわ》もなさそうだし。けれど、ふと目にした解説によれば、ティギーおばさんのモデルになったのはマクドナルドばあさんなる、ひょうきんで丸っこくて小さくて色黒の洗濯ばあさんなのだという。そのおばあさんに想を得た後、ポターが飼っていたハリネズミ（その名もティギー・ウィンクル）に絵のモデルを務めてもらって、このお話ができたのだそう。そういうことならばと、〈老嬢〉のひとりとして登場願った次第だ。

　ティギーおばさんは、この本の四年後に出た、こちらはとびきりおかしい『「ジンジャーとピクルズや」のおはなし』にも登場する。といっても姿だけ。

　ジンジャーとピクルズという猫と犬が経営する雑貨屋は掛け売りをするため帳《ちょう》簿《ぼ》上《じょう》は繁盛《はんじょう》するものの、だれもツケを払わないのでつぶれてしまう。そのふとどきなお客の中に、ティギーおばさんもちゃっかり入っているのだ。その後、店はめんどりによって再開されるが、前任の轍《てつ》を踏まぬよう徹底した現金商売。そのかわり〈見切り品〉コーナーが設けてある。掘り出し物はないかと鼻をくんくんさせて物色《ぶっしょく》するティギーおばさんの丸い姿は、そのコーナーにもしっかり描かれているというわけだ。なるほどティギーおばさんなら締まり屋にちがい、と嬉しくなってしまう。

このおばさんに惹《ひ》かれるには実はもう一つの訳がある。タワシを見ただけでハッとするほど、私はハリネズミが好きなのです。ポターが描くティギーおばさんは、ずっと前（ギリシャの友人宅に滞在中）、野原から一匹捕まえてきてもらって少しの間飼っていたハリネズミをありありと思い出させてくれる。目覚めるたび、力いっぱい両手を上げてウーンと伸びをしながら欠伸《あくび》し、次にちろっと横目でこちらを見るのです――。おばさんとルーシーがたがいに横目で見合ったときのように。

ところで、よくお世話になる美容師さんは、ティギーおばさんにそっくり。（内《ない》緒《しょ》！）タオルをしぼったりする姿を盗み見るたび、にまあっとしてしまうのだ。

魔法のもと

『エーミールと探偵たち』（エーリヒ・ケストナー作）を読んだのは、中学生になってまもない春のことだった。前の晩半分まで読み進んだところでもう魔法にかけられたようになり、その状態のまま登校した翌日は、二階の教室の窓際《まどぎわ》の席で椎《しい》の木《き》の梢《こずえ》が緑にそよぐのをぽうっと眺めながら、あの本っていったい何なんだろう、ただごとじゃない、早く帰って続きを読まなければ……と焦《あせ》る気持ちに耐えていたのだ。この本を思う時、必ずあの宙吊《ちゅうづ》り感覚が、明るい春の日の幸福感と重なって溢《あふ》れ出《だ》す。

〈おばあさん〉に会いに行く列車の中でお金を盗まれたエーミールは途中下車し、知り合った少年たちと協力して泥棒《どろぼう》を追跡する。最後はむろん大団円。でもそれがいったい何であり、どうただごとじゃなかったのか。十二歳の私にはわからないまま、とにかく非常に特殊なものとして位置づけられ心に刻まれたのだが、もし感想を聞かれたなら、「面白かった」と答え、「どこが?」と畳《たた》みかけられたら「みんなで泥棒を追いかけるところ」と言ったのだと思う。それはそれであって、こんなに心惹《ひ》かれたのは、もっと別の何かのせいなのだと、もやもや思っているのに。

その後、あれは、〈作者の質と姿勢〉から生まれた魔法なのだと思うようになった。——例えば、ただ一色を塗っただけの何も描かれていないような絵に、なぜか豊かさを感じて心惹かれることがある。ぐうっと近づくとその謎は解けてくる。さまざまの色や線、絵具の重なりや筆跡による微妙な凹凸《おうとつ》など、潜んでいたものが見えてくるから。『エーミールと探偵たち』は、ちょうどこれに似ている。子どもたちをわくわくさせるお話を目指して、作者が丸ごとの自分を投げこみ本気で取り組むうちに、その息吹《いぶき》や物の見方や願いやセンスが、ストーリーの内側に層をなして積み上がっていったのだろう。本から立ち上る独特の香りは、そのくらい深さのあるところでしか醸成《じょうせい》されないだろうし、それこそが心をぎゅっと掴《つか》む引力にほかならないのだ。

そんな層のはざまで引力増強に貢献《こうけん》しているのが〈おばあさん〉だ。実をいうと、児童文学に登場する多くのいいおばあさんたちの中でも、この人こそはその白眉《はくび》なのではなかろうかと私は思っている。思慮深く堂々としていてチャーミングで。

一件落着したあとみんなが集い、やんやと祝杯をあげている最中、〈おばあさん〉は茶碗を匙《さじ》でコンコンとたたいて立ち上がり、泥棒を追跡した大勢の子どもたちよりもっと立派だったのは、家に残り電話のそばに座ったまま連絡係を全うした〈ちびの火曜日くん〉であるという〈一場の演説〉をぶつ。おとなしい少年の地味な任務を忘れてはいけないときちんと声をあげるのだ。かと思うと「けんかをしちゃいけない。殴《なぐ》りあいをしちゃいけない。それくらいなら目玉*のえぐりっこをしなさい」などとさらりと忠告したりする。

*　*

事件から二年以上がたった夏休み、お馴染《なじ》みの面々は、仲間の一人〈教授くん〉の別荘に招かれる。その楽しくスリリングな日々を描いたのが続編『エーミールと三人のふたご』だ。私たちはここで、ぐんと成長した〈生意気《なまいき》ざかり〉の少年たちと、変わらない〈おばあさん〉に再会する。しかも出番が増えた分、その本領があちこちで発揮されるのだが、これがちと辛辣《しんらつ》ながらふるっ、、、ていて嬉しくなるのだ。例えばこんなふうに――。

閉口するほどよくしゃべる別荘の〈女中〉さん、ゼーレンビンダーが自己紹介をすると、「それは新しい商売ですの?」と〈おばあさん〉は(皮肉をこめて)すっとぼける。(ゼーレンビンダーとは〈魂を縛るもの〉という意味なのだ)「いいえ私の名前です」と〈女中〉さん。するとこんどは「まあお気の毒な! お医者さまにいらっしゃいな。別の名前を処方して下さいますよ」と応じる。〈女中〉さんが(たぶん目をパチクリさせて)「まじめなお話ですの?」と問えば、あっさり、

*〈おばあさん〉のオリジナルの発言だと思っていたが、どうやら(今ではほとんど口にされない)ドイツの古い言い回しらしい。

「いいえ」。そして、「私はまじめになることなんかめったにないの。まじめになる値打ちのあることなんかめずらしいんですもの」と過激なことを言ってのけるのだ。

——でもこの台詞は、あとでちゃんと効いてくる。その名も〈まじめな話〉という章で、〈おばあさん〉はエーミールが抱えていた深い悩みをやさしく受け止め、ここ一番という真面目さで、たるんだ人にはそうそう言えない高度でシビアな助言を授けるのだから。

＊　＊

〈おばあさん〉始め、表面下のいくつもの層が溶け合って生まれた魔法。そのもとが作者にあることに気づいた頃から——そしてこの本の作者が、以前、いたく感銘《かんめい》をうけていた『飛ぶ教室』の作者でもあったことに、はたと気づいた瞬間から——詠み人知らずの無頓着《むとんちゃく》な読書が遠のいていったのだと思う。代わりに得た新たな観点はもちろん別の楽しさを運んでくれたのだけれど。

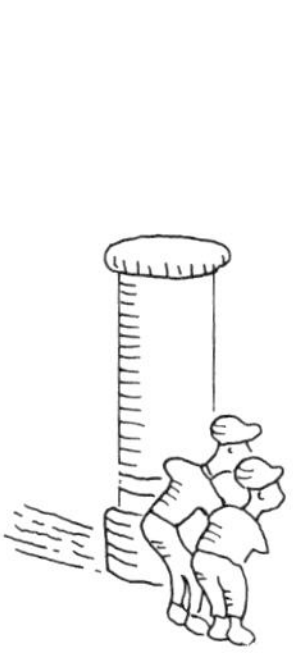

Ⅲ

どんな老嬢 そんな老嬢

命なりけり

この本のタイトルにある〈老嬢〉という言葉を、私は勝手に〈高齢の女性〉の意味で使ってきたのだけれど、むろん本当は未婚のまま年取った女性のことで、おそらく（幸い今はあまり言わなくなった）〈オールド・ミス〉の訳語なのだと思う。（ただしこちらはいくぶん若い人を指す気もするし、ついでにいえばこれは和製英語で、正しくはオールド・メイドなのでしょうが）。つまり、高齢であっても既婚者や未亡人を指すのはまちがいなのだ。でも〈老嬢〉という日本語には、〈老女〉や〈老婆《ろうば》〉には微塵《みじん》もない、凛《りん》としたおしゃれ感がどことなく漂っている上に、ちょっとお転婆《てんば》で楽しい感じも混じっている（気がする）のだ。そもそも〈オールド・ミス〉なんかにあるような侮蔑的《ぶべってき》な感じがない。そんなわけで、本来の意味をエイッままよ！　と無視することにしたのだが、少々気にはなっていたのだ。

――と、そこへ、我が意を得たりの嬉しい逸話《いつわ》が、天からの贈り物のように舞い降りてきたてではありませんか！　その舞い降り方からして、わあっと胸ふくらむ話なので、ちょっと書いてみたい。

つい先日私は、三十四年間、賀状のやりとりすらなかった大学の同窓の友人Fさんと会った。待ち合わせた東京駅のホームで、「あ、Fさん！」「あ、ホーコちゃん！」と言い合って手をとり、中年のおばさん二人はぴょこぴょこ小さく跳び上がったのだ。

またとないほど幸せな楽しいひとときを過ごしたあとの別《わか》れ際《ぎわ》、Fさんが言った。「ホーコちゃんを見たとき、西行《さいぎょう》の歌を思ったの。〈年たけてまた越ゆべしと思ひきや命なりけり佐夜《さよ》の中山《なかやま》〉」

この三十年を、歌僧《かそう》、西行に夢中になって過ごしてきたというFさんは、「また会えるとは思わなかったのに、会えたなんて、生きてきたからなんだなあって思ったのよ」と、歌の背景の説明も含めて、やさしい声で再会の喜びを語ってくれたのだった。
〈老嬢〉の逸話は、再会の直後に、連載中だったこのエッセイを読んでくれたFさんが、（〈老嬢〉と呼ぶべきじゃない人たちも混じってるんだけど……と言い訳しながら宣伝した）私を元気づけようとメールで教えてくれたのだ。（Fさんの言葉をそのまま借りて紹介しますね）
〈葛原妙子《くずはらたえこ》って知ってる？「晩夏光《ばんかこう》おとろへし夕　酢は立てり一本の壜《びん》の中にて」なんて歌を作った歌人なんだけど……。詩人の高橋睦郎《たかはしむつお》がね、彼女を「刀自《とじ》」と呼んだら、葛原から、私は刀自ではありません、老嬢です、と抗議のはがきが来たんだって。高橋が、お子が四人もいらっしゃる老嬢なんてあるでしょうか、と反論すると、あなたは詩人でいらっしゃいましょう、詩人ともあろうお方が、どうしてそんなぬかみそ臭いことをお考えになるのでしょう、と来たんだって。それで高橋は彼女を、夏の別荘の地名をとりいれて、葛原星野大郎女《くずはらのほしののおおいらつめ》と呼ぶことにしたとか。〉

もう私は欣喜雀躍《きんきじゃくやく》。何ていい話でしょう！　まず第一に、「刀自」だなんて、白髪《しらが》の媼《おうな》かやり手の女主《おんなあるじ》みたいな呼ばれ方をして、黙って引っ込んでいないのがいい。そして自らをさらりと「老嬢」と呼んでのけるという、ここです、ここ！

さらに「お子が四人も」の批判に「ぬかみそ臭い」とやり返すのも清々《すがすが》しい。ま、「大郎女《おおいらつめ》」のインギンぶりはちとくやしいとしても。（だって、「はいはい、大お嬢様」って感じがしますからね）

しかし何といっても嬉しかったのは、これが誰あろう、葛原妙子の逸話だというところなのだ。Fさんはやさしく、「知ってる？」と尋ねて、代表作を書いてくれたけれど、「知ってるとも知ってるとも！」と声を大にして言いたい思いだった。

葛原妙子──。一九八五年に七十八歳で亡くなった明治生まれの歌人。先の「晩夏光……」の歌がきわやかに証《しょう》するように、一首がぽんとそこにあるだけで、周囲の雑駁《ざっぱく》な日常をたちまち褪色《たいしょく》させ、研《と》ぎ澄《す》まされた別の世界へと精神をさらっていくような、恐ろしい力を秘めた美しい歌を数多く詠んだ人だ。

私は今でも、魚などを買ってスーパーから歩いて帰る孤独な夕間暮《ゆうまぐ》れ、菫《すみれ》と濃《こ》紫《むらさき》が入り混じる妙な気配の空をふと目にするたび、彼女のこんな歌をつぶやきたくなるのだ。

〈いまわれはうつくしきところをよぎるべし星の斑《ふ》のある鰈《かれい》をさげて〉

日常のふとした裂け目から覗《のぞ》く、遥《はる》か遠くの何かに惹《ひ》きつけられて、クラッとなるような瞬間。その心のありように、何と見事な形を与えたことだろう。いや、この歌が、鎮《しず》まっていた心に揺さぶりをかけ、幻を見せるのかもしれない。僅《わず》か三十一文字で（もっとも彼女はしょっちゅうそれを崩したのだが）葛原が創り上げる世界の深遠さを思う時、言葉の可能性におののいてしまう――。

そんな葛原妙子の知られざる愉快な逸話を、Ｆさんがふわりと届けてくれる日が来ようとは。

〈年たけてまた越ゆべしと思ひきや命なりけり佐夜の中山〉

Taeko Kuzuhara

すりよりばあさん──ある夏の思い出

ある夏の白々とした真昼時、私たちは、車の行き交う幹線道路沿いの歩道を、ぱらぱらと縦に散らばりながら歩いていた。行先はこぢんまりとした墓地で、その規模のせいか近くに花屋はなく、にぎやかな商店街で前もって仏花を買ってから向かわなければならないのだった。お盆はとうに過ぎていたが、まだまだ暑い日だった。

私たちというのは、父と母と叔母、夫と娘と私の六人で、広い歩道ではあっても、日傘をさしたり花束を抱えたりしながらの道行きは、どうしても前後に間延びした状態で進むことになるのだった。

花屋を出たあと、先頭が父と叔母、次に夫と私、それから母と娘という二人連れになって私たちは歩きつづけた。その〈おばあさん〉は、いつのまにか現れた。

背後で耳慣れない話し声がし、振り向けば、白い帽子をかぶり、ゆったり羽織《はお》った藤色のブラウスにズボンという、日本全国どこにでもいそうな小さなおばあさんが、陽ざしの中で母と話しながら歩調を揃《そろ》えていたのだ。

それからほどなく、ふと気がつけば、〈おばあさん〉は私の横にいて、色白の小さな顔に穏やかな人なつこそうな笑みを浮かべながら、とても自然に何かかにか話しかけてくるのだった。暑いことねえ……とか、ご家族さんですか……とか、そんなことを言ったと思う。当たりさわりのない返事をしながら何メートルか共に進んだあと、私が何となく歩調をゆるめて後ろから来る母と娘を待ったりしていると、〈おばあさん〉は夫と並んで進んでいった。

やがて夫は、私が追いつくのを何気なく待ち始め、一人になった〈おばあさん〉は、特に速度をあげたようすもないのに、だいぶ先を行く父と叔母にいつのまにやら追いついてすうっと父の横に並んだ。

すぐに会話が始まったらしいのは、足並みの揃った後ろ姿から窺《うかが》えた。三人並びが歩きにくかったせいか、あるいは父と〈おばあさん〉が、すたすたすた疲れ知らずに歩きつづけるせいか、叔母が徐々に後ろに下がり始めた。こうして行列は互いの距離を少しずつ広げつつ、いっそうぱらぱらしながら進んでいった。

と、〈おばあさん〉がスッと列を離れ、歩道沿いの家並の中に姿を消した。ああ、あの人、あそこに行こうとしてたんだ……と、後方を歩きながら思ったのも束《つか》の間《ま》。手にレジ袋をさげた〈おばあさん〉がコンビニから出てきて、またニコニコと笑った。そんな表情までを見てとることができたのは、私がまだその手前を歩いていたからで、〈おばあさん〉は、よほど迅速《じんそく》に買い物をすませたに違いなかった。そして、では来た道を帰っていくのだろうというぼんやりした私の予想をさらりと裏切り、先を歩いていた叔母の隣にすっと寄り添うと、ごく自然に話をしながらまた前へ進んでいったのだった。叔母は、何となしに歩をゆるめて相手を先に行かせたりするたちではなかった。

やがて交差点に辿《たど》り着《つ》いた父が左へ曲がった。叔母と〈おばあさん〉も曲がった。夫と私が曲がってみると、父の後ろを、叔母と〈おばあさん〉がちゃんと歩いていた。次の交差点で父が止まると、追いついた叔母と〈おばあさん〉も止まった。三人は信号にあわせて道を二度わたり、向こう側の道を歩き始めた。次の信号で私たちもわたり、母と娘が後を追ってきた。

青い夏空の下、私たちはまたしばらくまっすぐに歩道を歩きつづける。父はふたたび先を行き、その後ろを叔母と〈おばあさん〉がつづく。六人だった私たちは、いつのまにか七人になって歩きつづける。

何なの？　あの〈おばあさん〉……。という思いが私の心の中でふくらむころには、それぞれの心の中でも同じ思いがふくらんでいる。列の後半では、互いの顔を覗《のぞ》きながら、肩をすくめたりし始める。

歯科医の看板のところで父が左にそれた。細い道に入ったのだ。背後で私たちは、叔母と〈おばあさん〉の動向をじっと見守る。二人は、ぴったり並んだまま、当たり前のように父につづいた。私たちはやや足を速めて後を追う。突き当たりでT字路になるその細い道の終わりで父が右に進む。叔母と〈おばあさん〉もすみやかに右に進む。後ろでは、四人が目と口をいよいよ丸くする。

マンションを背にした墓地がようやく見えた。墓地の入り口は左手にある。父が左手に行く。すると〈おばあさん〉は、不意にスッと叔母から離れていった。人けのない墓地の中で叔母に追いついた私たちは、興味津々《きょうみしんしん》で叔母の言葉を待つ。叔母が言う。

「あのマンションに住んでる方なんだって」

あ、そうなんだ……。納得し、そしてぷしゅう〜っと気が抜けた。

――とっぴんぱらりのぷう。

なんだかおかしいOさんのこと

ごく親しいOさんのことを書いてみたい。〈〈おばあさん〉には見えないけれど、もう七十ともなれば〈老嬢〉のお仲間になっていただいてもまあ許してもらえるだろう〉。なぜOさんかといえば、Oさんは、たいそう素敵でエライ人なのだが、そのほかに〈なんだかおかしい〉という形容句を付け足したくなる人で、考えるたびに何かこう——めずらしい生きものがわけもなく嬉しいのに似てる感じだろうか——わくわくしてくるからなのだ。

Oさんは画家で、我が家から車で十分ほどのところにある古い木造の一軒家に猫と暮らしている。

家の裏口を入ると、作業台や銅版画用の大きなプレス機、薬品の入った缶やインク、束になって吊り下げられた額縁のストックなどで埋め尽くされた光景が目に飛び込む。さすがプロの工房だ……と感心しながら梯子段《はしごだん》を登って屋根裏に這《は》いあがると、そこは三角の低い天井が被《かぶ》さる一面の画廊で、Ｏさんの作品が所狭しと展示してある。背をかがめてひょこひょこ進み、ときどきイテッと頭をぶつけながら鑑賞する。一通り見終える頃には、日常からちょっとずれたところに踏みこんでいる。

　屋根裏から降りた後は、猫が半分食べて放り出した魚などをまたぎながら台所を通り、昔むかしの足踏みオルガンの前を過ぎて、畳の部屋で火鉢のそばに座る。Ｏさんは真っ白い髪を山んばふうにぱつんと切り、まん丸い目をパチッと開いて「ポー」という汽笛のような声でのんびり話す。服には、いろんな色のインクがちょっと付き、ついでにちょっと穴があいていたりする。そのうちまた少し、この地上から離れていく感じがしてくる。絵の話もする。絵本の話もする。家族の話などもする。でも何かが普通のトーンとちがう。そこはかとなくずれているような……トンチンカンなような……。でもいつしか、一緒に波に揺られているような、らくちんな気分になっているのだ……。

絵本を作るとなると、編集者とのやりとりは不可欠だ。初めてお会いした頃、Oさんはそのさなかにあった。話がそこに及ぶと、Oさんは遠くを見ながらさらりと言った。

「いろいろ言われると眠くなるし、あたま痛くなるから、聞いてるふりだけして聞いてないの」

何という豪胆《ごうたん》な発言！　しかもこのOさんにいかにもぴったりの言葉に思え、私はすっかり嬉しくなった。その後Oさんは、〈聞いてるふり〉すらきっぱりやめて、描きたいものを描きたいように描いて、自分で次々本を作って出している。

Oさんは高校で美術を教えてもいる。男の先生たちも音を上げるという、やんちゃな学校の生徒たちにもOさんはへっちゃら。もう何年も続けている。「あの人たち力余ってるから、彫刻刀《ちょうこくとう》持ってケンカ始めるけどさせとくの。そうするうちに飽きてまた彫りだすもんだよ」と、淡々としている。

ある時、家の前を通りかかったら、〈子ども・大人・美術教室〉という素朴《そぼく》な、でもふしぎと魅力的な看板が立ててあった。その後聞いたら、きっとつい吸いこまれるのだろう、見た人がぞろぞろ入ってくるそうだ。「生徒がたくさんで大変じゃない?」と聞くと、「べつに。勝手に好きなもの描いて帰ってくから」と、これまた飄々《ひょうひょう》としているのだった。

そのくせしみじみと、「主婦の人って、どんどんうまくなるもんだねえ。本職だと、なんか忙しくてゆっくり絵描いてる暇がないから、うまくならなくてさあ」などと謎めいたことを言って嘆息《たんそく》したりするのだ。(でもこれ、ほかの職業にも通じるような妙な真実を含んでいる気がして頷《うなず》いてしまう)

Oさんが自転車をこいで私の所にやってくることもある。耳や首に大きなアクセサリーをつけ、ワンピースなど着ておめかしして来てくれるけれど、服や頬っぺたに、たいていちょっと絵具やインクがついている。服がかすかにほつれていることもある。「パン屋さんに寄って、お昼のパンみつくろってきて。一緒に食べましょう」と頼んで待っていたのに、「お菓子にした」とニコニコ現れたこともある。（「お腹すいたから納豆ご飯食べて来ちゃった」と言うのだった）。最初の来訪での（ほぼ）第一声が、棚に飾った娘の写真（実に可愛い二歳の頃の！）をじっと見た後の「まあ可愛い写真……立て」だったこともとても印象的だ。

そんな我が家には、Oさんの彩色《さいしょく》の銅版画が掛かっている。滝のように吊るされた何枚もの生地を掻《か》き分《わ》ける娘たちと黒いミシンが、午後の明るみと翳《かげ》りの中に描かれている。タイトルは〈生地屋《きじや》の娘〉。ふわりとした生地の手触りや午睡《ごすい》の夢のような気怠《けだる》くのんびりした気配が画面に溢《あふ》れ、見ていると、まだ生まれていない物語が潜んでいるような感じが、どうしてもしてくるのだ。

Oさんはほんとうに芸術家なんだなあ、と思う。

忘れえぬお留守番

お話を書きたいと思いつつ、ちっとも真面目《まじめ》に書かないまま適当に会社勤めをしていた二十代の半ば、（今なお申し訳ない気持ちの残る）その会社で、三歳年上の女性デザイナーSさんと仲良しになった。

「今度広い所に引っ越すことになったから遊びに来て」

ある日のことSさんはそう言うと、なぜか「ねえ、石井桃子《いしいももこ》っていう人知ってる?」と、そっと尋《たず》ねたのだった。「もちろん」と答えると「ふうん。有名?」と聞く。「そりゃあ有名だよお!」と私は力を込めた。

〈石井桃子〉――この活字がぽんとそこにあるだけで、いたずらっぽいおかしさや可愛さ、真面目で落ち着いたぬくぬくするような幸福感といったものに包まれる。その名前自体が馥郁《ふくいく》とした香りと豊かな意味を湛《たた》えて輝く発光体のよう……。それくらい特別の人。ましてお話を書きたいと思っているような者にとってはなおのこと。当時も、たぶんこれからも——。

「でもどして?」と私が聞くと、Sさんは、へえそうなんだ……というような顔で「今度引っ越す所の大家さんなの」とつぶやいたのだった。

しばらくして訪れたSさんの新居は一人暮らしには贅沢《ぜいたく》な素敵なマンションの一室で、大家さんである石井桃子さんのお家は、ほど近いところにあるということだった。

その頃までの間に、Sさんは石井桃子さんの所に毎月送られてくるファッション雑誌の引き取り手になったり、石井さんの自伝『幼なものがたり』に載せる間取りを描くためのトレーシングペーパーを調達してあげたりと、通りいっぺんの大家さんと店子《たなこ》の関係以上の間柄《あいだがら》になっていたらしく、私は「やっぱりね!」と、ほくほくした。子どもの本に全く興味のないSさんだったけれど、Sさんそのものはお話に出てきてもいいような、自由で清々《すがすが》しく繊細な人だったから、石井桃子さんだってSさんを気に入るに違いなかったのだ。

一泊した翌朝Sさんがじろっと私を見て、「家賃払いに行くけど一緒に来る?」と聞いた。えっ、いいの? と私の心臓はばくばくばく……。「ただしTちゃんみたいにしててくれるなら」とSさんは付け足した。

Tちゃんというのは、Sさんよりさらに年上の元気いっぱいのデザイナーで、遊びに来たTちゃんを伴って家賃を払いに行ったとき、すごく喜ばれたというのだった。

「石井先生、あら会社のお友だち? って言って会社のことを聞いて下さったの。そしたらTちゃんどんどんしゃべって、社長には女がいるんだってことまで話したの。石井先生、げらげら笑って大喜び。でね、またTちゃんを連れてきてって言われてるの。T ちゃん、石井先生のことひとつも知らないのよ。先生、それが楽しかったみたい。……私に親切にして下さるのも、知らなかったからだと思うの。だからね、石井先生の大ファンだなんてこと、隠しててくれるなら連れてく」

むむむう……。ああこんなにそばにいてすぐにでもお目にかかれる石井桃子さん！　なのに『くまのプーさん』も『たのしい川べ』も『山のトムさん』も『百まいのきもの』も『燃えるアッシュロード』も『三月ひなのつき』も『小さい牛追い』も『ふくろ小路一番地』も『おばあさんのお話かご』も、何もかも心にしまったままいるなんて、あんまり辛すぎないか……？　まして社長に女がいた話なんか絶対できないし。（第一知らなかったし）

「……私、留守番してる」

こうして、二人はもう親しくおしゃべりを始めたかしらと想像をめぐらせながら、マンションの窓辺に佇《たたず》んで外を眺めていたのだった。ああいう条件を出すSさんて、やっぱり好きだなあ……と思いながら。

＊　＊

二〇一三年の春、嬉しいことに、単行本未収録の文章を多く集めた石井桃子さんのエッセイ集が出版され（『家と庭と犬とねこ』）、貪《むさぼ》るように読んだのだったが、わけても子ども時代、よその花やタケノコが無性《むしょう》にほしくなって盗ったときのことを書いた章などは、あまりに生き生きありありと表現されていて読んでいて息が苦しくなるほどだった。「ずんぐりした頭をだしているタケノコ」が「ぞっとするほどほしくな」り「太いやつをだきかかえてギュッギュッとゆすぶって」採り「ひっかかえて走った、走った」「そのときの頭のこんらんから考えると、きゃあきゃあわめきながら走ったのかもしれない」だなんて。波長の合う友人や本に出会ったときの喜びを描いた章も（ちなみにその文章で知ったのだが〈波長《はちょう》が合う〉という表現を、人との親和性を語るのに用いた最初の人物は、なんと石井桃子さんだったらしい！）ああ実にこのとおり……と目が覚めるようだった。そして、私はなんと石井桃子さんの波長と重なることか！　という思いを今また（勝手に）いっそう強くしたのだ。

＊　＊

さてSさん宅訪問の数年後、いくらか真面目になった私は、石井桃子さんの担当編集者と知り合いもし、無理に頼めばお目にかかることも不可能ではなくなった。でも乱心せずに〈遠くから憧れている〉正しいファンでいつづけられたのはSさんのおかげなのだ。

ひっくり返るおばあさん

モンペをはいた皺《しわ》だらけのおばあさんが、歯のない口を大きく開けて、おなかの底から楽しそうに、大股開きでひっくり返って笑っている。アハハハハと甲高《かんだか》い声まで聞こえてきそうな、屈託《くったく》のない突き抜けたような笑顔。手には収穫したての土つき大根――。

どの雑誌で見たのだったろう。モノクロの、柔らかでいてくっきりした鮮明な一枚の写真は、土とともに一生懸命に働いてきた人の素朴な美しさや、労働の喜びや楽しさ、達成感、満足感といったものを余すところなく伝えていた。見た人誰しもが、その滑稽《こっけい》で大胆なポーズに、一瞬、「おやまあ」と驚いたあとでは、「でもいい顔してる。いい写真だなあ」と思ったにちがいない。写真家も、そういうものが伝わることを願って掲載したのだと思う。――でもこの写真を思い出すたび、妄想《もうそう》もいっしょにふくらんでしまうのだ。このおばあさんを、仮にトメさん、とでも呼んでおくことにする。

＊　＊

トメさんは送られてきた雑誌を開いたとき、何これ私じゃねえの！　と、ぎょっとした。まさか、ついひっくり返ったあの時の自分が、こんなに大きく掲載されようとは思ってもいなかったのだ。

やさしそうなカメラマンだったから気も許したけど、あんなに長いこといっしょに畑にいて、いろんな人たちにカメラ向けては、パシャパシャ、シャッター切っていながら、それに私だってちゃんとポーズをとって写してもらったはずだのに、よりにもよってこんなブザマなのを選ばなくたっていいだろうに。しかもこんなにはっきり、皺の一本一本まで……とトメさんは、恥ずかしいのと悲しいのと悔《くや》しいのとが混ざって、写真家を恨《うら》めしく思わずにいられない。

でもそんなそぶりは少しも見せず、雑誌を覗《のぞ》いたみんなが、「おお！　ばあちゃん、たいしたべっぴんさんだあ！」などと大笑いするたび、いっしょになって笑ったのは、そうでもしなきゃ、あまりに惨《みじ》めすぎたからだった。ほんとうの気持ちがばれて、「あれれ、トメばあちゃん、いい齢して、何、傷ついてんの！」などとからかわれるのはまっぴらだ。

でもトメさんは台所の隅で野菜を洗いながら、なおもぐるぐると思っている。隣の若奥さん、何が「いい写真ですね」だ。何にも良くないっての。そんならアンタが朝起きたままの顔でひっくり返って写してもらえってんだ。だいたい写しにくるのを何で私には知らせねかったんだ。知ってたら、入れ歯だって入れといたし、少しくらいは化粧もしたろうし、新しいモンペをはいて出てったのに。昨日のＮＨＫの畑でやったインタビューだって、農家の奥さん連中、ちゃんと黒く髪染めて口紅塗って準備して待っててたでねえか。だれだって、写るならちょっとでも良く写してもらいてえと思うのが人間だっちゅうの――。

まわりに気取られないように、口をゆがめてシュッと鼻をすすり、何とかすまして手を動かしていたトメさんは、だから、ひ孫がやってきて、「あんな写真のって、ばあちゃん、かわいそうだ」と頭をなでてくれたとたん、こらえきれずにワッと泣いてしまったのだった。

＊　＊

働く人の姿を捉《とら》えたいと思ってカメラを構えたとき、おろしたての仕事着に、白塗りツケマでばっちりきめたおばさんに、カメラ目線で振り向かれたら、「あああばちゃん、いけません、それカンチガイ」と言いたくなるだろうなあ、とは思う。取《と》り繕《つくろ》った表面ではなく奥にある真実、生きてきた年輪といったものを引き出して表現しようとすれば、被写体は素顔がいいし、皺は貴重だし、カメラがぐんぐん接近しても目に入らないくらい我を忘れて手先のことに没頭していてもらいたい。汗や埃《ほこり》や土ならいい。働くその人の輪郭《りんかく》をいっそう濃くしてくれるから。そういう真剣で飾らない瞬間を切り取った一枚が「いい写真」になり、見る人の心にも響くのだ。

しかしだ。たとえそれが真実で、そこに本当に美が存在するのだとしても、なぜ他人の〈あんたたち〉――つまり撮る人や鑑賞する人たちのことだけれど――に、上から目線で諭《さと》されなければならないのか。〈あなた方はありのままでいいんです、ありのままがいいんです〉なんてことを。余計なお世話ではないのか？

＊　＊

トメさんは今、コタツでミカンをむきながら、素敵なおばあさんがテレビに出て、〈年をとってもおしゃれ心を忘れないことね〉などと、上品に発言しているのを見ながら、まだ執念《しゅうね》く思っている。こういう人は、入れ歯もカツラもお化粧もなしでひっくり返ってるところなんか、絶対に写されねんだろうなあ。なんかズルくね？　と。

――もちろん本物のトメさんは、こんな妄想とは無縁の悟りの境地にいて、おおらかに優しく、心底あっけらかんと笑っていたのかもしれないんだけれど。

幻の悲恋物語

『時計坂の家』という物語を書き終えたとき、祖母に原稿をわたすなどという希代《きたい》なことをしたのは（私がたまたま実家に滞在中で、祖母がその辺にいたからでもあるのだが）大正時代の女学生を描いた部分をチェックしてもらうためだった。明治生まれの祖母は、大正時代、まさに女学生だった。原稿を手に部屋にこもった祖母は、やがて笑顔で現れると、頼んだ件については「まあ、あんなもんだったよ」と軽くいなし、「初めのうちは、どんなものを書いたやらという目でいたけど、そのうち、あんたのことなんか忘れて読んじゃった！」と、興奮気味に嬉しい事を言ってくれた。

さてその後、公園のベンチに祖母と並び、心地よい風に吹かれているときだった。「実はお願いがあるんだよ」と祖母が神妙《しんみょう》な声をだした。「なあに、おばあちゃん、遠慮しないで何でも言って」私は、やさしい孫が言うべきことを言った。すると祖母は、原稿を読んで感心して以来、悶々《もんもん》と考えた末に心を決めたのだけどと前置きし、「小説にしてほしいことがあるんだよ……」とつぶやいたのだった。

そのとたん頭の中で、リンッと鈴が鳴った。若かりし祖母の悲恋物語にちがいないと見当がついたのだ。一人娘の祖母は婿養子《むこようし》をとらねばならず、想い人の青年もまた跡取り息子であったため結ばれることが叶わなかったのである。――実はこれ、親類縁者の誰もが知っている逸話《いつわ》だった、と思う。何しろこの手の悲話は、一度しんみり打ち明けられるや、惻隠《そくいん》の情とともに心に刻みこまれるものだし、やがては別の誰かに告げて、「……そうだったんだってえ……」「へえ……そうなんだあ……」と驚きを分かち合いたくなるに決まってるから。

予想は的中。祖母はしんみりモードで、「そういう時代があったことを今の人に知ってほしいんだよ。書いてもらえない？」と言うのだった。その時の私の心境を今どき風に言うならば、「イヤイヤイヤイヤそれ絶対ありえませんから！」

というものだった。（だってそりゃ引くでしょう！）と同時に、今度はピカッと頭の中の電球が灯った。やさしい孫としては、ただむげに突き放すというわけにもいかなかったのである。

「おばあちゃん、自分で書きなさいよ！　おばあちゃんにはできる！　思う存分、書いたらいいよ！」

気休めを言ったわけではなかった。祖母は日々の大半を読み書きをして（小説と新聞を読み、日記と手紙を書いて）何年も過ごしてきた、根っからの文字オタクだったのだから。祖母は目をぱちくりさせた。

「だけど、何に書けばいいんだろう……小説って……」

ふたたびピカッと電球が灯った。その頃ワープロを使い始めた私のところには、不要になった原稿用紙が手つかずのまま置いてあった。それを使ってもらえるなら、またとない有効活用ではないか。

「……そんなものがあるなら、たしかに使わないのはもったいないねえ。そうだねえ……。思い切って書いてみるか……。うん、やってみる！」

というわけで、私は家に帰るとすぐ、どさりとした紙束を実家の祖母あてに郵送したのだった。八十七歳の老女にとっては、その後の日々を過ごすいい張り合いになるだろうと、祖母孝行をした気にもなっていた。

＊　＊

今こうして書いてみても、このやりとりにどこか落ち度があったとはやっぱり思えないのだ。だが、どさりと届いた小包の中身とその用途が、当局（つまり父と母ですネ）の知るところとなったとたん、楽しく発展的な計画はにぎりつぶされてしまったのである。そんな小説、まっぴらごめん。執筆禁止。というわけだ。

（まあ、親や姑《しゅうとめ》の昔の恋物語が愉快なはずはなかろうと、私だって思いはする）。

が、それはそれというものだ。

ここに至って、私は本質的な領域に踏みこまざるを得なくなる。書きたいという欲求は絶対的に個人のものであり、いいいいい、なんぴとにも阻止《そし》する権利はないのだ！

あなた方は僭越《せんえつ》で横暴である！　おばあちゃんは自由なのだ！　――だが、当局の圧政に向けた熱い訴えも、「もういいんだよ。書かないことにしたんだから」という祖母のしおらしい翻意《ほんい》の前には何の役にも立たないのであった。うーむ悔しい！

＊　＊

しかしだ。執筆禁止令がなければ祖母は長篇悲恋小説を書き通したのであろうか。書き通したとして、それは活字になったであろうか。なったとして〈老女の描《えが》く大正の恋！〉と耳目《じもく》を集めたであろうか。どうも当局の動揺は、この幾つもの関門を越えた時点に立っての「まっぴらごめん」であった節がある。

ということは、彼らは祖母の筆力を本気で畏《おそ》れ、信じていたにちがいない。とすればこれはなかなかにうるわしい深謀遠慮《しんぼうえんりょ》であったのかもしれない。または、おめでたき取りこし苦労というべきか――。

夕映えの道

いろいろなおばあさんたちをめぐるあれこれを、ずうっと書いてきていながら、ただの一度も、〈病や衰《おとろ》えや死〉と結びつけて語らなかったことに、今になって気がついた。目をそむけたのではなく、どうしてか、まるで思い至らなかったのだ。〈童女〉や〈幼女〉や〈少女〉や〈乙女〉といったカテゴリーの一つに〈老嬢〉もあり、みなそれぞれの年齢を生きている、ただそれだけのこと、という思いでいたわけだ。

けれどおばあさんというものは〈童女〉とちがって、衰えや死との距離がうんと近いのだという当然のことを、最近読んだ一つの小説が思い出させてくれた、というより教えてくれたのだった。そこまでを含めての〈人の一生〉なのであり、生きものである以上は枯れて死に、世界から消えてゆくものなのだということを。

本との出会い方はさまざまだが、古本屋で、海とも山ともつかぬまま何となく買ってみたらそれがよかった、という時はとりわけうれしい。そうやって私はドリス・レッシングという作家と出会ったのだが、物知らずは幸いなるかな。彼女は八十七歳という史上最高齢でノーベル文学賞を受賞し、二〇一三年九十四歳で亡くなった大作家なのだった！　以来、彼女の本を何冊か読んだのだが、中の一冊『夕映えの道』は、私にとって漠としていた人生の領域を、ありありと見せてくれた目の覚めるような質の作品だった。

＊　　＊

夫と母親を癌《がん》で亡くしながら、どちらの時も仕事を口実にきちんと向き合ってこなかったことに後ろめたさを感じている高級女性誌の中年の編集者ジャンナは、たまたま言葉を交わした貧しい老女モーディーと親しくなり、亡くなるまで深く関わっていく。仕事のかたわら、不潔な穴倉《あなぐら》のような部屋で一人暮らしをする九十過ぎのモーディーを訪ねる日々を、社会的個人的さまざまな問題を取り混ぜながら日記形式で綴《つづ》ったのがこの作品だ。

モーディーは過ぎた日々を語り続ける。ここの時間ではなく、そこの時間を生きているかのように。それでいて感性は今も鋭く、ジャンナのセンスのよさに目を輝かせ、高級な持ち物にため息をつきもする。枯れたような見かけとは裏腹の内面の豊かさに、読む者はジャンナとともに惹《ひ》きつけられていく。だがモーディーは穏やかな〈できた人物〉などではない。頑固《がんこ》で身勝手。打ち解けたかと思うと、疑り深くよそよそしくなる。

ジャンナにしたところで、とんだ事にかかずりあってしまった、もう行くまいと何度も日記に綴る。そもそも階級社会のイギリスでは、民生委員的立場から接する以外、階層が違う二人が友人になるなどあり得ないという前提がある。ましてこの年齢差。周辺の人々はジャンナを理解出来ないし、彼女自身も自分がなぜそんなことをしているのか実はよくわからない。

それでも彼女は訪ねつづけ、言うことをきかないモーディーに本気で腹を立てながら、全身を拭《ふ》いてあげたり汚物《おぶつ》の始末をしたりと、病んでだんだん弱っていくモーディーにとことん付き合うのだ。もう死ねばいいと思ったりしながら。それでも入院後は病院に通いつめる。「人間は皆、段階を経て自然に死を受容するものです」という専門家の説にたがい、モーディーは死を拒《こば》み、怒り、なかなか死なない。

けれど死はやっぱり訪れ、ささやかな葬儀が行われる。つれなかったモーディーの親戚たちがやってきて泣いたりする白々しい葬儀。モーディーのことも、ジャンナとの結びつきのことも、誰一人わかっちゃいない。ジャンナは「腹が立って腹が立って死にそう」と言いながら、怒りをぶつける相手が誰なのかわからないまま、この日記は終わる。

＊　＊

感傷もなく調和もない。告発するでも主張するでもない。読み終えたあと、放り出されたようで戸惑《とまど》う。ところが、じんわりじんわり押し寄せてくるのだ。人間の複雑さ不可解さ豊かさ、そして死に向かっていく生きものなのだということが。――涙を誘うわかりやすい話は感想を抱くのもたやすい。でも（映画監督の是枝《これえだ》裕和《ひろかず》氏《し》がドキュメンタリーについて語っていたことなのだが）人間の姿や営みを、あるがままに淡々と描いたものは、それ自体は方向を示さなくとも、心の奥に沁み入り、ゆっくりものを思わせ、何かを掴《つか》む力に変わっていくのだと思う――。

呑気《のんき》なものだとそしられても仕方がないが、老人介護の問題やあり方について、さんざん見聞きしていながら、私は何とこの本を通じて初めて、一人一人の元気な〈老嬢〉たちのその先にあることとして、それをとらえることができたのだ。

映画化された『夕映えの道』もとてもいい。入院以降のエピソードはバッサリ切り、散歩中の二人がベンチで寄り添う場面でぷつっと終わるのだが、そのラストシーンは、本を読み終えて暫《しばら》くしてからぼうっと浮かびあがる貴《とうと》い印象とみごとに重なるのだ。

石さん町子さん、ありがとう

連載を始めたときから最終回はこれと心に決めていたのが『いじわるばあさん』とその作者長谷川町子さんのこと。

ああ私はどんなに『いじわるばあさん』が好きだったろう！　姉妹社版の全六巻は、少女期以来いつでもその辺にあり、照る日曇《くも》る日ページを繰っては、溜飲《りゅういん》を下げ、展開の巧み、台詞の妙、表情の的確さに感じ入り、そのたびごとに作者への敬慕《けいぼ》の情を募らせた文字通りの座右《ざゆう》の書なのだった。あまりに見すぎて吐きそうになると、中毒症状が通り過ぎるのを待って、おもむろに開く。もちろん『サザエさん』だって（テレビ版は無視）『エプロンおばさん』だって、大大大好き。でもそれより、もう一声大好きなのだ。

大好きなあまり絵をマネしてるうちに、かなりホンモノに近い〈いじわるばあさん〉が描けるようにもなった。細い腕と脛《すね》に、縦線を一本ちょっと引けば、老人らしい手足になるというコツはこのとき覚えた。

外で退屈した時は、ランダムにストーリーを思い出し、四コマにちゃんと区切って瞼《まぶた》に描けるかどうか試してみるのが、いい暇《ひま》つぶしになった。すると案外、二コマ目と三コマ目の展開具合が曖昧《あいまい》で、テストの答えを見るかのように帰って確かめ、そうか、ここで切れてたんだ、なーるほどお！　と感心するのだ。

口をついて出る言葉に及んだ影響もすこぶる大きい。悔しいことに遭遇《そうぐう》したら、「負けてたまるか、気丈な女だ、あたしゃ！」。思わぬ善意に触れると、「やさしいことをしてくれるな、こらえた涙がどっと出る〜」。批判を小耳にはさんだときには、「赤裸々《せきらら》な声を聞き、復讐《ふくしゅう》の爪を研《と》ぐ」。犬に食事を与える光景など目にすると、心の中で「駄犬《だけん》、駄犬、粗食事《そしょくじ》よ〜！」。（「ダンケ、ダンケ、お食事よ〜！」と言うべきところで、〈いじわるばあさん〉がそう呼ばわるものだから）。お人よしどころじゃないくせに、「いくらお人よしでもカーッときた！」と言って文句をたれるのも、「時々孤独感と自己嫌悪におそわれちゃう」などと大げさにしおたれるのも、何か意見されたときに、くるりとそっちを見て、つらっと一言、「おや、そう」と、にんまりするのも、すべてこれ、〈いじわるばあさん〉仕込み。——こうして見ると、座右の書とは、何と深く人間形成に関わるものなのであろう！（思わず、もうちょっとタメになる道徳的な本を置いとけばよかったなあ……なんて言いそうになってしまった。イケナイ、イケナイ）

＊　＊

と、さんざん話を進めてしまったが、もしやご存じない方のために一応説明するならば『いじわるばあさん』とは、一九六六年〜七一年まで週刊誌『サンデー毎日』に連載された四コマ漫画で、家族や世間相手に、微笑ましいレベルから悪《あく》辣《らつ》で危険なレベルまで、多種多様のいたずら嫌がらせ意地悪をしでかすトンデモナイばあさんの物語だ。長男一家と暮らしているが、たらいまわしにされて次男や三男宅に行くこともある。いたずらはどれもこれも恐ろしく冴《さ》えていて痛快で、世間で幅をきかしている鼻持ちならぬエセ人士《じんし》をやっつけるときはむろんのこと、罪なき人に対してこりゃひどい、と思うべきところでさえ、可笑しくて嬉しくてぷっと吹き出してしまう。

きっと私を含めた多くの人が〈いじわるばあさん〉を大好きなのは、世の中の気取りやまやかしを、えいっと蹴飛《けと》ばしてみたいからなのだと思う。生真面目《きまじめ》そうな人をちょっとおちょくりたくなるのもその一環。だから、あちこちに出没しては平穏な日常をせっせとひっかき回してくれる、小まめな〈いじわるばあさん〉を賞賛したくなるのだ。でも子どもと動物は、基本的に意地悪の対象外。心根の卑しいただの天邪鬼《あまのじゃく》とはちがうのである。

＊　＊

それにしても、『いじわるばあさん』の完成度の高さはどうだろう！

作品が書かれるプロセスを想像してみよう。まず第一に、冴えたいたずらや筋を思いつかなければならない。これが仕事の七割、いや八割だろうか。「おっ、これで行けそうだ」となったときには、ほくほくっと嬉しくなり、肩の荷がどおーっと軽くなるだろう。しかし残りの二、三割がこれまた試練にちがいない。どう四コマに区切り、どういう絵で見せるか。あくまでもわかりやすくシンプル、かつ劇的に。台詞選びもとりわけだいじ。多いと画面がうるさくなる。ふむふむ、こんな感じでいいだろうと、すっかり一山越えたところで、丁寧《ていねい》なラフを描き、ようやく仕上げのペン入れだ。ところがなぜか、どんぴしゃりの表情が出ず、ホワイトに次ぐホワイト……なんてこともあるだろう。つまり『いじわるばあさん』は、この難度の高い綱渡りを、端《はし》から端まであやまたず渡り通した果ての産物なのだ。まったくのところ、『いじわるばあさん』は、どの点をとってもセンスが燦然《さんぜん》と輝く、宝石箱さながらの漫画集と言っても過言ではない。

そう、一つや二つの佳作を生むのだって至難《しなん》の業《わざ》なのに、ほとんどどれも傑作《けっさく》といえる作品を描きつづけた作者、長谷川町子は本当にすごい。——などと言ったら、「そんなこととっくにみんな思ってますけど」といなされるだろうか。けれど私は、まだまだもっともっと驚かれ、称《たた》えられなければ釣り合わないほど、彼女のなしたことは特別で偉大なのだと言いたくてたまらない。——シリアスなものは評価されやすいけれど、滑稽《こっけい》なものは軽く見られる。しかも仕上がりが〈天衣無縫《てんいむほう》〉に見えれば見えるほど、あっさりできたように思われがちだ。でもどんなに才能があろうとも、お気楽に傑作を作り続けることなんてできない。要するに頑張ったのだ。

「毎日呻吟《しんぎん》しイライラし、時には鬱《うつ》になってムカついたりする日々。そんな目に見えない思いが沈殿して（仕事部屋の）空気を重くしているのではないかと私には思われた。（中略）仕事に取りかかる前は〈水風呂に飛び込むような気分〉とも言っていた」と、妹さんが書いている。（『サザエさんの東京物語』）

しかしその苦労のおかげで、どんなに多くの人が気を晴らし、明るく幸福な時間をもてたことだろう。石さん（〈いじわるばあさん〉の名前ですヨ！）町子さん、本当にありがとう。

◎登場作品について

エピグラフ

『世界文学全集 26 ポオ／ボオドレール集』（筑摩書房 鈴木信太郎・阿部良雄訳 1977）より

ソラマメばあさん

『ソラマメばあさんをおいかけろ』（文化出版局 たかどのほうこ 作 / 絵 2000）

ナザレの〈つる〉

『絶体安全剃刀ー高野文子作品集』（白泉社 1982）

こわ〜い宝石

映画「毒薬と老嬢」（フランク・キャプラ監督 1944）
「今見てはだめ」（三笠書房『真夜中すぎでなく』所収 ダフネ・デュ・モーリア作 中山直子訳 1972、現在は『いま見てはいけない』東京創元社創元推理文庫 務台夏子訳 2014 で読めます）
映画「赤い影」（ニコラス・ローグ監督 1973）

りんごの木の下や上

『りんごの木の上のおばあさん』（岩波少年文庫 ミラ・ローベ作 塩谷太郎訳 2013）

〈卵焼き〉としての〈とびあがるおばあさん〉

映画「バルカン超特急」（アルフレッド・ヒッチコック監督 1938）

レモン色の本のこと

「アップルパイの午後」「第七官界彷徨」「歩行」（現在は、ちくま日本文学『尾崎翠』筑摩書房 2007、『第七官界彷徨』河出文庫 2009 などで読めます ）

なりきりレディー

映画「一日だけの淑女」（フランク・キャプラ監督 1933）
映画「ポケット一杯の幸福」（フランク・キャプラ監督 1961）
「マダム・ラ・ギンプ」（新潮文庫『ブロードウェイの天使』所収 1984）
映画「トム・ソーヤの冒険」（ノーマン・タウログ監督 1937）

ベイツさん、ごめんなさい

『エマ』（中公文庫 阿部知二訳 1977）より

いとしのティギーおばさん

『ティギーおばさんのおはなし』『「ジンジャーとピクルズや」のおはなし』（福音館書店 ビアトリクス・ポター作 / 絵 いしいももこ訳 1983・1973）より

魔法のもと

『エーミールと探偵たち』『エーミールと三人のふたご』（岩波書店 ケストナー少年文学全集１・２ エーリヒ・ケストナー作 高橋健二訳 1962）より

命なりけり

『葛原妙子歌集』（国文社 現代歌人文庫 1986）より

忘れえぬお留守番

『家と庭と犬とねこ』（河出書房新社 石井桃子著 2013）より

夕映えの道

『夕映えの道ーよき隣人の日記』（集英社 ドリス・レッシング作 篠田綾子訳 2003）より
映画「夕映えの道」（ルネ・フェレ監督 2001）

石さん町子さん、ありがとう

『いじわるばあさん①〜⑥』（朝日新聞出版より復刊 長谷川町子作 2013 〜 2014）
『サザエさんの東京物語』（朝日出版社 長谷川洋子著 2008）より

あとがき――私の〈おばあさん〉

エッセイの連載を依頼されたとき、記憶の中からパアッと鮮やかに現れ出たのが、ギリシャの片田舎の小さな部屋で、黒衣の老姉妹と共に、風にそよぐレモンの梢《こずえ》をじっと見ていた、あの明るい午後のことだった。ああ、あのことを書きたい……とまず思った。するとつられて、〈おばあさん〉たちを拠《よ》りどころに、あれこれのよしなしごとを書いてみたくなった。こうして執筆の方向が決まったとたん、わくわくっと胸が躍ったのを思い出す。まるでデートの約束を取りつけた感じ。だがそんなにも私は〈おばあさん〉が好きだったのであろうか？ ――と書いたとたん、「そんな問いはナンセンス。好きな〈おばあさん〉もいれば嫌いな〈おばあさん〉だっているもの」という、あたりまえの理屈が頭をもたげる。

ところが振り返ってみると、私が書いてきた本には〈おじいさん〉がちょろっと出るのに比べ、〈おばあさん〉の方は、またですかというほど、ぞろぞろ登場するのだ。思いつくままに羅列《られつ》させていただくと――。このエッセイでも触れた『ソラマメばあさんをおいかけろ』、若返る服を発明し、子どもになっていたずらする『いたずらおばあさん』、『わたしたちの帽子』では、かつての仲良しが年老いて再会し、『ポップコーンの魔法』では年取ったピアノの先生が鍵をにぎる。『ピンとトムトム』のアパートの住人の一人は百歳だし、『お皿のボタン』の中の一話は、ばあさんボタンの冒険譚《ぼうけんたん》。ひ孫にお話を語り聞かせるという全編〈おばあさん〉一色の『おーばあちゃんはきらきら』などという本さえ書いてしまった。そしてこの『老嬢物語』――。

やっぱり私は〈おばあさん〉が好きだったんじゃないか？

目を閉じ、胸に手を当てて考えてみる。わかってきたわかってきた。たしかに私は〈おばあさん〉が好きなのだ。ただし、好きな〈おばあさん〉嫌いな〈おばあさん〉を超越《ちょうえつ》した先に、ぼうっと明るむ、〈おばあさん〉なる〈イデア〉が。

*　*

小学四年のときだった。

新しいノートを手に入れた私は、白いページに心躍らせ、お話を書きだした。タイトルは『おばあさんのちえ』。――むかしむかし、スイスの村に一人で暮らす、めがねをかけた、ぷくんとした小さな〈おばあさん〉がいた。〈おばあさん〉は物知りで、五か国語を操《あやつ》り、どんな難問がふりかかっても、快刀乱麻《かいとうらんま》を断つごとく、鮮やかに解決し、村人に感謝されていた――と、まずそこまでをスイスイ書いたあと、色鉛筆で丁寧《ていねい》に、表紙の絵と挿絵とを描いた。さてそのつづきは、ある日のこと、難問を抱えたお客がやってくるところからだ。「丸くて三角で四角いものを持ってこいと脅迫されてるんです。何を持っていったらいいでしょう、どうか知恵をかしてください」そこでおばあさんはにっこり笑って答える。「簡単、簡単、わたしにまかせて！」しかし、作者にとって、それはちっとも簡単ではなかった。私は頭を抱えたあげく、しぶしぶ「おにぎりよ。丸いのと四角いのと三角のを作って持っていけばいいの……」と書きながらも、心は晴れなかった。一つで三つの条件を満たしていなければならないのだから、これは解決になっていないないし、知恵のある〈おばあさん〉らしい冴《さ》えがどこにもないし、第一スイスにおにぎりなんてあるわけない！　……と私は大いに不満だった。つまりたちまち壁に突き当たり、ため息とともに、筆を折ってしまったのだ。こんなにわくわくする〈おばあさん〉の話を書き始めたというのに。（答えのわかる問題に差し替えるという発想がどうしてなかったのだろうと今では思うけれど、きっと、書いた字を消しゴムで消すのが面倒《めんどう》だったのだろうなあ）

ところがそれからまもなく、祖母が言った。

「『おばあさんのちえ』、早く続き書いてちょうだい。これからどうなるの？」

「……えっ！　読んだの？　やだあ、おばあちゃん、ひどい！」

「それなら、ちゃんとしまっておきなさいよ。床に落ちてたんだよ」

実際、子どもは、はしこいようでもツルッとぬけているもので、秘密のものを無防備《むぼうび》にその辺に投げ出しておくというヘマをやらかす。

「……落ちてたからって、読まなくたっていいじゃない！」

「だって、〈おばあさん〉と書いてあれば、ワシのことだと思うだろうさ」

「………おばあちゃんのこと？　いっとくけど、ぜんっぜん関係ありませんっ！」

そのあまりのカンチガイぶりに、私はちっちと涙をぬぐい、しばらくぷーっとふくれていた。

祖母のことは大好きだった。小さいころなどは、卵焼きと肩を並べる、柔らかくてとろりとやさしい、善《よ》きものの代表だった。それにもかかわらず、お話の中の〈おばあさん〉と結びつける気は、これっぽっちもなかった。〈ワシのことだと思った〉発言など、言語道断《ごんごどうだん》、あるまじきべらぼうだ！

＊　　＊

ことほどさように、私にとって〈おばあさん〉とは、子どものころからすでにもう、〈童話〉や〈おとぎ話〉や〈物語〉といった、遥《はる》か遠くへと心をいざなっ

てくれる豊かな世界と、分かちがたく結びついた、温かく輝かしい〈イデア〉なのだった。――どこか遠いところにちんまりといて、にこやかでやさしく皺《しわ》多く、くるくるっと物知りで冴えていて、ちょっと不思議で滑稽《こっけい》で面白く……といった幾つもの属性だけが渦《うず》を巻く実体のないもの。けれど、その〈イデア〉は、遠い町の光のように、彼方にぼうっと明るく灯って、望み見る心をわくわく幸せにしてくれる。そういうものは貴く侵《おか》しがたいものではないだろうか。――だからこそ、どんなに好きな祖母であっても、むやみに像を重ねるわけにはいかないのだ。

しかしだ。

〈おばあさん〉の〈イデア〉はいったいどこから生まれたのか。もともと遠くにあったのか。昔話の中に最初から潜んでいたのか。そこでよく検分してみる。するとそれは、生きて暮らしていた、さまざまの〈おばあさん〉たちの集合体を、ふるいにかけ、漉《こ》し、蒸留し、または（発酵《はっこう》させるのはちょっと気が進まないけれど）醸造《じょうぞう》するなどしたあとに残った、エッセンスのような〈何か〉が、ぷかん

と宙に浮いたものであるらしいとわかってくる。思えば当然のことなのだが、始まりはあくまでも、実体の方にあったのである。〈イデア〉と実体は、いかにかけ離れていようとも、見えない糸でつながっているのだ。

この『老嬢物語』は、そんな糸の上を行ったり来たりしながら、いろんな場所にいる〈おばあさん〉をとらまえたものだ。小学四年生の私に、ぴしゃりと締め出された〈おばあさん〉も、ここには、しっかり紛れ込んでいる。

と、うそぶくものの、
実はそもそも知恵など
ひとつもないおばあさん

この作品は、2012年7月～2014年6月、
偕成社ウェブエッセイ「老嬢物語　思い出のおばあさんたち」で
連載されたものに加筆・修正し、単行本化したものです。

高楼 方子（たかどの ほうこ）

函館市に生まれる。『へんてこもりにいこうよ』（偕成社）『いたずらおばあさん』（フレーベル館）で、路傍の石幼少年文学賞を、『おともださにナリマ小』（フレーベル館）で産経児童出版文化賞、JBBY賞を、『わたしたちの帽子』（フレーベル館）で赤い鳥文学賞、小学館児童出版文化賞、『十一月の扉』（講談社青い鳥文庫／受賞当時リブリオ出版）で産経児童出版フジテレビ賞を受賞。その他の作品に『ココの詩』『時計坂の家』（リブリオ出版 品切れ／福音館書店より復刊予定）、『ルチアさん』（フレーベル館）、「ピピンとトムトム物語」シリーズ（理論社）、『緑の模様画』『おーばあちゃんはきらきら』（福音館書店）、『リリコは眠れない』（あかね書房）、『ルゥルゥおはなしして』（岩波書店）、『ニレの木広場のモモモ館』（ポプラ社）、翻訳に『小公女』（福音館書店）、エッセイに『記憶の小瓶』（クレヨンハウス）などがある。

老嬢物語

高楼 方子　著

発行／2016年２月初版１刷

発行者／今村正樹
発行所／偕成社（かいせいしゃ）
〒162-8450 東京都新宿区市谷砂土原町3-5 Tel.03-3260-3221（販売部） 03-3260-3229（編集部）
http://www.kaiseisha.co.jp/

ブックデザイン／タカハシデザイン室
印刷・製本／中央精版印刷株式会社

NDC914 166p. 19cm ISBN978-4-03-003430-3

高楼 方子｜たかどの ほうこ｜の本

幼年童話

へんてこもりのはなしシリーズ　たかどの ほうこ・絵

ヘンテ・コスタさんがつくったへんてこもりでつぎつぎおこる、
まったくもってへんてこなおはなし!
そらいろ幼稚園のなかよし四人組と「まるぼ」が大活躍

- へんてこもりに　いこうよ
- へんてこもりの　コドロボー
- へんてこもりの　なまえもん
- へんてこもりの　きまぐれろ
- へんてこもりの　まるぼつぼ

ゆきだるまのるんとぷん

たかどの ほうこ・絵

赤いぼうしと青いぼうしのふたごの
雪だるまのゆかいなお話

ゆうびんやさんとドロップりゅう

佐々木マキ・絵

ゆうびんやさんが流れついた島には、
ドロップりゅうというへんな動物が!

小学中学年向き読みもの

お皿のボタン

たかどの ほうこ・絵

とれたボタンを入れておく1枚のお皿、
ボタンたちが語るそれぞれのボタン人生

すてきなルーちゃん

たかどの ほうこ・絵

絵描きのルーちゃんが話してくれたふうがわ
りなお話。目に見えることが全てじゃない!

小学高学年向き読みもの

トランプおじさんと ペロンジのなぞ

にしむらあつこ・絵

皮肉屋で頑固な変わり者、トランプ
おじさんは、動物の言葉がわかる?

トランプおじさんと 家出してきたコブタ

にしむらあつこ・絵

トランプおじさんのところに、深い事情を
抱えたコブタがやってきました